U0898243

# 白马王子

TRAUMPRINZ

David Safier

〔德国〕大卫·萨菲尔 著

李琪 译

译林出版社

# 1

我从来都不是现实主义的粉丝，这玩意儿对我而言过于现实了，尤其是在涉及爱情，关系到男人的时候。

可是，即将跨入三十岁大关的我依然不管不顾地憧憬着轰轰烈烈的爱，希冀着与众不同的男人。有那么一小段时间，我以为终于能够从班迪克斯身上实现这两大目标——可这一想法终结于他说出“糟糕，我女朋友回来了！”的那一刻。

此时此刻，被葡萄酒灌得晕晕乎乎的我们，正坐在他位于柏林的高档老式公寓里的巨型浴缸中，但这一背景并不能让事态变得更美好一点。

“你……你有女朋友？”震惊之下我口吃起来，同时听到有人打开了公寓的门。

“是啊……”他答道，脸上满是慌乱，修剪得极为时髦又带有可爱卷的小胡子上都是肥皂沫。

“我……我以为，我们俩是一对儿。”我说得结结巴巴。

“噢……”他很是惊讶。

“‘噢’？你难道就没有别的话可说了吗？”

“这个……”

“‘这个’也不比‘噢’更好啊！”

我以为班迪克斯和我应该算是真正的男女朋友。我们是在三个星期前通过手机约会软件认识的。我喜欢他头像上那友善的微笑，而他（正如他向我坦白的那样），一下子就被我那一头无法用任何梳子驯服的蓬乱金发迷住了。第一次约会时，班迪克斯和我天南海北地聊了整整一晚上；第二次约会结束的时候，我们在满月当空下有了一个妙不可言的告别吻；第三次约会时，我们上了床，享受了一场酣畅淋漓的性爱。在片刻之前，班迪克斯还深深地凝视着我的眼睛，而我也在间隔多年之后又重新感受到了爱上一个人的美好滋味。

“其实她不是我的女朋友，娜莉。”班迪克斯解释说。这时，走廊传来行李箱被放下的声音，公寓的某一扇门也被关上了。

“不是？”我疑惑地问，有一点点希望也许是自己听错了。

“她是我的未婚妻。”

“她是什么？！”我大叫。

“我的未婚妻……”他重复了一遍，而我的胃开始抽搐着缩成一团，它隐隐地宣告：在接下来的几个星期里，它将因为失恋的极度痛苦而没有办法再摄取任何固体食物了。

我怎么能这么傻呢，居然会相信班迪克斯这样的男人会真的爱上我这样的女人！我们是多么不一样啊：他每天早上会横穿柏林跑十几公里，而我的体力状态却只能用“可怜巴巴”来形容（在我们第一次约会过后，我想我也应该运动运动了。可当在公园里跑步时，我先是被一个十二岁的小孩轻松超越，接着又被一位六十多岁的老人甩在了后面。而在跑最后几米的时候，更是被一整支健走队伍完全赶超）。班迪克斯的着装风格一直是休闲而时尚的，而我呢，如果无法从乱糟糟的衣物堆里找到成对的袜子，通常就会左右两脚各不同款。他是联合国儿童基金会德国分会的项目负责人，而我在一家漫画书店里当售货员，并且梦想着有一天能成为职业漫画家。多年以来，我离我的梦想始终没能更近一步，仅仅通过自费出版形式发表了几个故事，标题无非“剩女拯救爱情”“剩女征服曼哈顿”或者“剩女遇见好老公”等等。

“恐婚队长”这个角色在我那八十四名固定读者中大受欢迎，我甚至考虑过要创造一些类似的角色，比如“出轨少年”“邪恶舞者”以及“蛮汉弗洛里安”。

班迪克斯非常喜欢我的漫画，他觉得，我想通过漫画把读者们带进另一个世界的梦想一点儿也不可笑。而在我的生活中，有 99% 的人却完全不这么看——这也包括我从师范学校退学前的老同学们，他们如今已经统统成了公务员，并且还都组建了幸福的家庭。我的父母也会定期跟我说一些诸如此类的话：“娜莉，你什么时候才能干点儿正经事呢”“你难道要一直这么下去不成”，还有“我们到底做错了什么啊”。目前，全世界只有两个人对我的漫画之梦深表理解：一个是莱尼，我工作的漫画书店里一位从早到晚抽大麻的同事；另一个就是班迪克斯，而正是这一点使得他格外让我心仪。

“为什么你从来没跟我说过你有未婚妻的事？”我自然要搞清楚这个问题。我全身都在颤抖，尽管洗澡水还非常暖和。

“她这半年都不在这儿，”他低声嘟囔，“作为无国界医生去了尼日利亚。本来应该明天才回来的。”

“这可算不上一个好的解释。”我反驳道，胃抽搐得更厉害了。

“嘘。”班迪克斯竖起食指放在唇上，但是太迟了，走廊里传来一个悦耳动听的声音唤道：“班迪克斯，是你吗？”

“是我，玛丽莎！”他回应道。

“我看，我该走了。”我一边说着，一边扶住浴缸边缘想要站起身来。

“别啊，娜莉，”班迪克斯匆忙嘘着声音说，“别走。”

“不走？”正站到一半的我定住不动了，他难道想让他的未婚妻看见我？他想要跟她坦白自己有了别人，然后和她分手？这么说来，事态完全没那么糟糕吧！

“你现在可不能走，娜莉。”班迪克斯重复了一遍，同时伸手把我按回浴缸。老天啊，他难不成真的想要他未婚妻看到我，他真的要为了我离开她？！

“钻进水里去，娜莉。”

“呃……你说什么？”

“钻进水里。”他重复了一遍，指了指被泡沫覆盖的洗澡水。关于他会选择我的幻想就此打住。班迪克斯并不想离开他的未婚妻，他想要我躲到肥皂泡沫下面去，一直躲到他把未婚妻忽悠出浴室。他不想让她知道有我这么个人。显然，他根本不在意我。这可太伤人了。

这时的我应该把浴巾砸到班迪克斯脸上，然后跨出浴缸，走出公寓以示抗议。可这么做就是对的吗？这么做就公道合理了吗？他的未婚妻会看到我，这情形会让她心碎的。而他的心也会一起碎掉，这一点我现在能从他乞求的眼神里看出来。如果我躲进水里去，就能让一个女人不受伤害，也能给班迪克斯弥补他们感情的机会。然后，受害者也不会多达三人，而只会有一个——那就是我。如果说，我从自己看过的所有漫画、连续剧和幻想小说里学到了什么，也就是从《星球大战》啊、《饥饿游戏》啊，还有《哈利·波特》等诸如此类的作品中，学到了“不损害他人、不让他人痛苦”才是正确的做法，即使这会让自己痛苦。换言之，躲进水里去是很道德的做法呀！

更何况，对于赤身裸体地被他未婚妻捉奸在浴缸中这种事，我真的害怕得不行。

于是，我深吸一口气潜进了水里。这时，我不禁联想起《哈利·波特与火焰杯》里哈利排除万难从水下生还的场景。我多么希望能和哈利一起去潜水啊，这不仅仅是因为他手里有可以让人在水下呼吸顺畅的鱼鳃草，更因为哈利不必挤在两条毛茸茸的男人的大腿中间。当然喽，那位年轻的魔法师必须在水下和人鱼搏斗，现在的我也更情愿去和那些小个头的卑鄙水怪们打架。

“我还以为你明天才回来呢，玛丽莎。”我听见班迪克斯这么说。从水里听上去，他的声音相当沉闷。

“我想要给你惊喜嘛。”她笑道。

这方面她可做得非常成功。

“棒极了。”班迪克斯笑着说，哪怕是在水里也听得出来，他的语调并不是那么有说服力。

“出什么事了吗？”玛丽莎问，她当然也注意到了有问题。

“为何这么说？”

“你看上去怪怪的。”

“没，没有……我只是很开心你已经到家了。让我们去喝杯咖啡吧。”班迪克斯提议道。与此同时，我在问自己：人在水里到底可以坚持多久。六十秒？九十秒？我现在已经坚持多少秒了呢？二十五秒？三十秒？反正已经明显超过了让我觉得舒服的时长！

“我有一个更好的主意。”玛丽莎说道。她的声音尽管听起来闷闷的有点走样，但我很肯定，她的语调是很魅惑的。

“什么主意？”班迪克斯问，努力想让对方察觉不到任何异常。

“我要进浴缸里和你一起泡一泡。”

真倒霉啊，我想。我长这么大还从来没有碰到过哪个场合能比现在更适合“真倒霉”这句评语了。

“但……但是，”班迪克斯结巴了，“我……我已经泡得发皱了。”

“没事，我会让你重新饱胀起来的。”

我等着班迪克斯想出一个绝妙好招。我等啊等，等啊等，我感觉嘴里的空气正在大幅减少。很显然，别说妙招了，班迪克斯连蠢招都没有想出来。他完全束手无策。于是，一只光裸的女人脚突然闯进水里，直接在我脸部上方来回试着水温。我吓得张大了嘴，而一串气泡立即浮出了水面。

“这是什么？”玛丽莎很惊奇，她的脚停在了我鼻子上方一厘米半的地方。

“我……我放了个屁。”班迪克斯吞吞吐吐。

“放屁？”玛丽莎怀疑地说，而我满眼渴求地望向我宝贵的气泡们。

“我今天吃了印度菜。”班迪克斯撒起了谎。

“印度菜？”

“吃了扁豆炖什么来着。”

玛丽莎并不特别相信。而我的肺几乎快要炸裂开了，我坚持不了太久了。

“还有豌豆。”班迪克斯急忙补充着。

“啊哈。”

“是‘吃到饱’的自助餐！”

“我一个字都不信。”玛丽莎说，把脚放了下来。直接踩在了我的脸上。

哈利·波特可从来没有碰到过这种事情啊。

“哎呀，我踩到了什么东西！”玛丽莎喊起来，飞快地把脚从浴缸里缩回去。

“是我的小腿肚……”班迪克斯试图辩解。

我不行了，我得马上从水里出去。当我还在以超人类的干劲试图再拖延几秒时，玛丽莎已经把手伸进了浴缸拉住我的头发，并粗鲁地把我从水里拽了出来。

“‘吃到饱’的自助餐桌上也有这玩意儿？”她讥讽地说。

如果她不是这么血腥地拽着我的头发、让我忍不住大叫起来的话，我大概会对她这句机敏俏皮的绝妙话语更加赞赏一点。我把自己呛得无药可救，而且肥皂泡让我的眼睛火烧火燎的，我擦干了泡泡，但灼烧感却更厉害了，我只好一边咳嗽一边盲目地摸索浴巾。班迪克斯像是瘫痪了似的，而玛丽莎则往我脸上甩了一条浴巾。我又大叫了一声，于是咳嗽得更厉害了。折腾了好一阵子之后，我才用浴巾把脸擦干净，并且也终于能看东西了：站在我面前的是一位窈窕妩媚的美女，她有一头棕色的长发和一对黑色的眼睛，有点像年轻版的安吉丽娜·朱莉。在这样一位大美人面前，我本来应该自卑得一塌糊涂的，这不仅仅因为她是这么优雅动人，更因为她拥有让人钦佩的事业。作为援助发展中国家的医生，她勇敢地登上老掉牙的飞机，奔赴尼日利亚的灌木丛救死扶伤。而在我至今为止的人生中，最大的历险不过是乘坐瑞安航空公司的飞机前往保加利亚黄金海滩，并在那里让肠胃受到了感染。这个女人是现实生活中的真正女主角，而我却只能在漫画里虚构自己是女主角。可是，此时此刻，我很同情她。对于她来说这该有多难受啊！她的未婚夫出轨了，而且是和一个水准怎么也比不上她的女人。

玛丽莎看到了我眼里的同情，这让她更加怒火中烧，她用一种足以让高炉钢水冰冻起来的眼神瞪着我说：“出来！”

我没有反驳，滴答着水、全身带着肥皂泡从浴缸里站了出来。

“现在滚吧，婊子！”

“你叫我什么？”我对她的同情一下子全没了踪影。

“我叫你婊子！”她重复了一遍。

我想要还击，却不愿意简单粗暴地找另外一个字眼来骂人。我想要说出一些相当聪明机智的话，一些能击中她要害的话。“如果你叫我婊子，那我就……就叫你……叫你婊女。”

“什么东西？”

老天爷，我怎么就想不出一句半句机智的话来呢？

“你赶紧给我滚！”她命令我。

“能让我把我的东西带上吗？”我轻言细语地问，努力想保持最后一星半点的尊严。

“不能。”

“不能？”

“不！”

“我还是只听明白了‘不’。”我困惑地说。

“这是因为，我说的就是‘不’。”

她飞快地从地上捡起我的衣物，把它们搂在自己形态完美的胸脯上。“这是惩罚你想从别的女人手里抢男人。”

“可你不能把光着身子的我赶出去啊。”我表示抗议。

“我当然能！”

我无助地看向班迪克斯，到目前为止，他一直成功地避开了风头，他在担心（这一担心当然也不无道理）万一自己掺和进来，就很可能会让两个女人注意到谁才是罪魁祸首。他思考了片刻应该怎么回答，甚至张了张口，但最终一言不发地钻进了水里。

“滚啊！”这位无国界女医生咬牙切齿地说道。我现在感觉自己有点像是在一场超级英雄对决中：“剩女”对战“恐怖未婚妻”。有一点很清楚：“剩女”是不能被这样一个女坏蛋打败的。

“把我的东西给我。”我坚定不移。

“我在尼日利亚对付过埃博拉、雇佣兵和军阀，要拿下你可是轻而易举的！”玛丽莎的声明非常令人信服。

而我这辈子又轻而易举地拿下过谁呢？我最后一次和别人发生肢体上的冲突还是在小学三年级的时候。那时，我和胖子保罗打了一架，我甚至还打赢了。不过，保罗当时比我矮一个头，而且还在上幼儿园。可是“恐怖未婚妻”却有能力把我炖了吃掉——哪怕现在还没到饭点。

当我在迟疑的时候，班迪克斯从水里稍微露了个脸，勘察了一下形势之后，他深吸了一口气又重新消失在水中。

我的眼泪涌了出来。可我不想在这个女疯子面前痛哭让她得意。我扯过浴巾把自己包裹起来，然后离开了公寓。浑身滴答着水，我倔强地、伤心满满地走掉了，完全没有半点英姿飒爽的意味。

我这傻瓜早该知道的，只要一投入感情，这愚蠢的现实就会跳出来把我打倒在地。

## 2

与只裹着一条浴巾漫步在柏林市中心相比，有很多事也就没那么糟糕了，比如，肠胃失调、淋巴腺鼠疫或者是斯帕真乐队的民俗歌曲演唱会。问题并非出在柏林人身上（在市中心，本地人反正也所剩无几了），而在于游客。几个日本人把我拍来照去，我用英语冲他们喊："请把手机拿开""不，我不想和你来一张自拍"，以及"喂，把自拍杆拿开"（我相当肯定，"自拍杆"的英语绝对不是我说的那个字眼）。但这一行为似乎得罪了他们。因为是光着脚走，所以我头一次发现柏林的人行道居然这么脏。我不得不迂回前进，有时还得像跳皮筋似的蹦几下。如果《漂亮女人》这部电影是以柏林为背景拍的，那么在理查·基尔光脚感受大地、并重新找回人性的这一幕戏里，他就会一脚踩到口香糖或者是各种碎片，也可能会踩到狗屎。那么他一定会飞快地重新穿上鞋，然后继续当一名恶毒的资本家，而朱丽叶·罗伯茨就不得不继续在街头谋生。

遭受这番折磨的唯一好处就是，我不再只想着班迪克斯，也不再只顾着流眼泪了。我不得不集中精力思考一个问题：我怎样才能把自己从眼下这种很不爽的境地中解救出来，并且还得赶在某个蠢货拍下我的视频然后上传到视频网站之前。我想给漫画书店的同事莱尼打个电话，让他把他的大众甲壳虫开过来接一下我。可是，要想打电话，我还缺个小工具——我的手机，它和我的衣服一起都还躺在班迪克斯的公寓里呢。我问路人能否借用一下他们的手机打电话，但他们却带着大城市居民们那种典型的"你倒不倒霉关我什么事"

的眼神继续走他们的路。接着，我发现了一名朋克风格的蓝发少年正在打手机游戏，我走到他身边越过他的肩头偷瞄了一眼，他玩的那个游戏任务是要把可爱的小鱼尽可能远地从水里弹射到岸边。

我希冀着像朋克少年这一类的怪人能够表现出更多的同情心来——非主流人士应该团结互助才对嘛！

“打搅一下，”我向他搭讪，“你能帮我个忙吗？”

“什么忙？”朋克少年兴趣不高地问道，一个眼神也没给我。

“能借用你的手机让我打个电话吗？”

他抬起了头，发现我只裹着一条浴巾，然后笑容灿烂地说：“当然可以喽！”

“谢谢啊。”我松了一口气。

“但我想收取一点点报酬。”他一边说着，一边盯着我只有浴巾遮盖的胸脯猛看。

“你想要什么？”我谨慎地问。

“你的浴巾。”他挖苦地咧嘴直笑。

我恼火地转身走开。有一点倒是让我感到安慰：我幸亏没去当教师，不然，就得成天应付这种正处在青春期的冷笑话爱好者。

显然身处困境的人不可能在柏林得到任何帮助，于是我打消了求助的念头。从这里坐地铁到我破旧的小公寓一共要过六站，而到我打工的漫画书店只有两站。我在那里虽然没有存放任何衣物，但店里有一大堆漫画角色服装在卖，我可以借来穿穿。

我赶紧跑去地铁站，逃票混了进去。车很快就进了站，终于不必傻站在站台上被人围观的我松了一口气。急匆匆地跳上车后，找了一个位置坐下。周围的人都稍稍挪得离我远了一点儿，然后盯着各自的手机——这是在公共交通工具上对待疑似疯癫人士的最自然的做法。在地铁来回颠簸的时候，我看到了一张宣传招贴：纽约艺术家达米恩·摩尔将举办名为“他人即天堂和地狱”的展览。如果不是处在眼下这种境地里，我会更加仔细地看一看这张海报的，因为我非常推崇这位画家的作品。然而现在的我正不停地想着班迪克斯，我的胃也抽搐着缩成了一团硬块。而胃痛只不过是失恋七步曲的第一步——这一套步骤是我再熟悉不过的了：

1. 胃痛
2. 痛哭
3. 尝试刷新自怜自伤的世界新纪录
4. 如此持续数周
5. 乃至数月
6. 一连好几个小时不断地听麦克·杰克逊的经典名歌《镜子中的男人》，想借此重拾自信
7. 通过创作一部漫画来消化自己的痛苦经历

“请出示车票！”我听见一个声音远远传来。慌乱中，我四下打量。在车厢尽头，两名检票员正在履行他们的职责。我站起身来，打算悄无声息地走到车厢的另一头去，但愿能在被抓到之前逃下车。但遗憾的是，如果全身只裹着一条浴巾，那就很难做到悄无声息。我还没走两步，又冒出来第三名检票员拦住了我的去路。“不知怎么的，我总感觉您身上应该没带车票。”

这是一个四十五六岁的外裔男人，也许来自叙利亚、摩洛哥，又或者是阿富汗，不管怎么看都绝对不可能来自挪威。然而，他的德语比很多移民说得都要好。假如有德国人不得不在喀布尔生活，

那他们的达里语也肯定没法说得比德语强。

“您为什么会认为我没有车票呢？”我问，挤出一个笑脸来。鉴于失恋问题以及眼下面临的情况，这个笑容显得颇为苦痛。

“我想啊，”这个男人友好地微笑着说，“您的浴巾上大概是没有口袋的吧。”

“的确没有。”我不得不承认。

“那么我必须举报您的逃票行为了。”检票员声明道。与此同时，地铁在咔嗒咔嗒行进，离我的目的地已经不远了。“而您也一定没带身份证，所以我只能打电话让警察来把您带走。”

“我今天真的过得非常糟糕。”我想唤起他的同情感。

“对‘糟糕的一天’我也略有体会，”这个男人叹道，“比如，当我们乘坐的难民船遇上了海难……”

我的失恋之痛一下子就被衬托得有点可笑。

“还有就是，当难民营发生地震的时候。”

好吧，被衬托得极其可笑。

“我实在不知道，”检票员继续沉吟，“我是否应该停止相信上帝，因为他容忍了这么多的苦难。又或者我应该感恩，因为在经历了这一切之后我终究还是活了下来，而且，现在还可以每天安安全全地检票十二个小时。”

对这番话该让人如何回答呢？

“而您的一天具体有多糟糕呢？”他现在问起了我的情况。

我不想告诉他，我和我爱上的那个男人被他的未婚妻捉奸在浴缸里，然后还被她轰了出来。这种事和检票员的经历相比显然非常可笑。因此，我决定直接撒一个谎：“我在露天浴场里被抢劫了。”

“可您身上完全没有浴场杀菌剂的味道嘛。”他回答说，而我则暗自咒骂：真是倒霉透顶，我显然碰到了全柏林唯一一位能像福尔摩斯那样洞察真相的检票员。

“您有没有更好一点的故事来说服我不把您交给警察？”

我到底是应该把事情的经过解释给这个人听呢，还是应该像他要求的那样，用一个故事来打动他？我决定采用故事策略：“我是一位公主，被女巫施法变成了青蛙。之前有一个男人吻了我，让我又重新变了回来。所以现在我赤身裸体，而我唯一能找到用来遮盖身体的东西，就是这条浴巾。”

“那个吻了您的男人又干什么去了呢？”检票员问。

“他吓得当场就跑掉了。”

检票员忍不住大笑起来。这时,地铁停在了我想要下车的那一站，门在我身后打开了。检票员偏了偏头示意我开溜，向我告别说：“您可要当心呐，要远远地躲开女巫。”

我下了车，深深吸了一口气，心想：1 比 0，想象力领先得分。

## 3

不必半裸着在柏林警局里待上一整天的我仅仅兴奋了两百米左右的距离。一踏进老船长漫画书店，看到那脏兮兮的地毯（它本身的颜色恐怕只有专业高手才有办法修复还原），失恋的痛苦再次袭上心头。

老船长漫画书店并不像美国电影和电视剧里的漫画书店那样既干净又优雅。店铺的前半部分区域看上去勉强还算整洁，这里有一个真人大小的塑料超人，一个纸板做的唐老鸭，塞得满满当当的漫画书架，一个衣物架以及一张非常舒服的皮沙发。而书店的后半部分和储藏室却乱得好像被一大群僵尸践踏过似的，那里全是一堆又一堆没人愿意买的杂志和粗制滥造的小说。我们那位总是心情糟糕的老板怎么也不愿意扔掉它们。老板本名叫洛塔尔，但我们却称他为“落落寡欢先生”。他深信，随时都可能有人来收购这些老物件。但是据我估计，洛塔尔其实根本就无法割舍自己对《小蜜蜂》一类的幼儿杂志的迷恋。

不管是“善待顾客”还是“准时给员工发工资”，这两条都不是寡欢先生所具备的品性。然而，有这样一位老板，我们却能够让所有在大型集团上班的职员们嫉妒不已，这位老板的闪光点在于他鲜少露面，他任由我和莱尼想干吗就干吗。

身材细瘦、面色苍白的莱尼正坐在柜台后面，在看《蝙蝠侠》漫画的某一册。他口里含着一根棒棒糖，头上戴着一顶星球大战的影迷帽子，帽子上写着“是韩·索罗先开的枪”。我好像从没见过莱尼有不戴这顶帽子的时候，搞不好，他就是和这顶帽子一起降临人世的。莱尼根本没有抬头，而是直接叽里呱啦地说："你知不知道，我刚刚想到了什么？"

"不知道。"我一边有气无力地回答，一边向衣物架方向挪着步子。

"蝙蝠侠真的挺幸运的，恰好在他决定要成为超级英雄的那一刻，他就遇上了蝙蝠。因此，他就把自己命名为蝙蝠侠。"

"这跟幸不幸运有什么关系？"我无精打采地问。

"你想啊，如果他碰到的是荷兰猪的话，"莱尼继续说道，仍然没有抬头看我一眼，"那他就得叫'豚鼠侠'了。而如果碰到的是黄鼠狼……"

我转动衣物架寻找适合的服装，并没有认真听他说什么。

"或者是遇见了亚当·山德拉……"

我取下一件连体套装，是《异形》中西格妮·威弗服饰的仿制品。

"又或者是电梯……"

由于我完全没有反应，莱尼终于抬起了头，于是他发现我身上只裹着一条浴巾。他口里的棒棒糖差点掉下来，同时也全然忘记要给我讲述"电梯侠"拥有哪些特异功能（想来定然是一位对生活的起起伏伏了如指掌的英雄人物）。在莱尼正要开口的时候，我请求他："别问。"

"你出了什么事，娜莉？"

"你对'别问'这句话到底哪个地方没搞懂，是'别'字还是'问'字？"

"没搞懂为什么不让我问。"

"因为答案很伤人。"我回答道，带着一种只有情场失意的人才会有的悲怆。

"班迪克斯。"莱尼了然。

“没错，班迪克斯。”我伤心地确认了他的话。

“文青潮男们啊——是该恨他们呢还是该恨自己呢？”

虽然记恨班迪克斯对我的心情和心理都比较有好处，但是我做不到。我无法去恨任何一个曾经让我心碎的男人。对于恨这件事，我显然毫无天赋。

“你能转过身去吗？”我请求莱尼。

“为什呢，娜莉？”

“因为我要换衣服。”

“我已经见识过很多裸体女人了。”莱尼说。

“在现实生活中也见过吗？”

我看见莱尼眼中闪现出片刻痛苦的神色。我咒骂自己，为什么不能少说两句呢？我认识莱尼已经七年了，而在这些年里，他根本没有过任何约会的迹象。也就是说，他比我还要孤独。在我开口道歉之前，莱尼已经整理好了情绪，他微笑着说：“我还得接着看这本漫画，我得搞清楚蝙蝠侠到底会不会和猫女上床，届时又会不会仍然戴着面具。”

莱尼重新埋头看书，而我则解开了浴巾。莱尼是那种绝对不会偷窥的家伙，虽然他是个怪人，但本质却是很正派的。我穿上有米老鼠图案的内衣裤，钻进连体套装，然后再套上一双金红相间的“钢铁侠”球鞋。接着，我走到一个玻璃柜前打量着镜子里的自己。连体服有点宽大，显得晃晃荡荡，但怎么说也要比围着浴巾到处转悠好。我向前弯下腰，仔细地研究起自己的脸来。一双眼睛的下方各有两条伤心纹，每一条都代表着一个让我心碎过的男人，按照时间先后排列他们依次是：

亚斯帕。我十三岁的时候，他十五岁，发育得明显比我成熟多了，而我无可救药地爱上了他。遗憾的是，他在一个校园舞会上向我声明：原则上来说，他是不会亲吻带着牙套的女生的。所以我和整形牙医们的关系在那之后的很多年里一直都不太融洽。

卢卡斯。和他，我体验了初次的舌吻、初次的性行为，还有初次的分手痛苦。按顺序来说是这样的：我们结识于一次暑假。那是一个热得不得了的夏天，就连我那观念很守旧的老爸也第一次开始相信“气候变迁”这种事情的确存在。那天，我在冷饮店里买了一个香脆巧克力冰激凌。排队时卢卡斯就在我身后，也点了一份香脆巧克力冰激凌。这是我第一次见到他。他向我微笑时是那么亲切，他的棕色头发是那么漂亮。我当时就觉得我们是灵魂的伴侣。因为，呃……因为我们俩都点了香脆巧克力冰激凌啊！作为少男少女的我俩在 38 摄氏度高温下的阴影中用能够实现的最快速度陷入了热恋。在整整一年里，我们的眼中只有彼此。我们热爱一起躺在床上看连续剧、吃香脆巧克力冰激凌。我们发现：性行为是非常美妙的事情，哪怕进行过程中有时会笨手笨脚、傻里傻气，但它所带来的欢乐远远大于为迎接高中毕业考试的埋头苦读。如果没有卢卡斯，我的毕业成绩肯定会平均高出七八分。毕业典礼之后，他要去秘鲁进行为期一年的社会体验，在机场告别时我们差点把眼睛哭瞎，并双双发誓今生今世相爱到永远。而所谓“今生今世”却只持续了三个星期。后来，卢卡斯在每天一次的视频通话中说出了所有语言里面最可怕的几个字眼：“我……我得跟你说件事……”然后他给我讲述起他工作的农场里有一只羊驼，它在一处峭壁上扭伤了脚，然后他给这只羊驼进行了包扎，和孔琪妲一起。“孔琪妲？”我紧张地问，并期望着这是一名上了年纪的农场大妈。但电脑屏幕上的卢卡斯愧疚地把目光转向了一旁，这让我立刻明白了：孔琪妲不是一名老女人，而他和她除了一起包扎羊驼的伤脚以外还做了一些别的事情。卢卡斯沉痛地对我说："我爱上了孔琪妲。"而我合上了笔记本电脑。

拉斐尔。他和我在大学生派对上认识的大多数男人太不一样了。拉斐尔很善于倾听，很能理解他人，并且非常谨慎、细心。直到相识半年之后，我们才第一次上床。而又过了半年，他向我坦白说，他爱着另一个人。深感受伤、倍觉心痛的我说："你可别告诉我，她叫孔琪妲。"而他的回答是："不，他叫约尔格。"这样一种开诚布公并没对我树立起女性的自信心有太多帮助。

再遇亚斯帕。亚斯帕和我再次相遇了。那时，我们的购物车很凑巧地在阿尔迪超市里撞到了一起。他发现，我不再戴牙套了，并且当天就吻了我。我们交往了三年，这是我恋爱关系持续时间最长的纪录。在此期间，亚斯帕攻读纳米技术，而我对这个专业到底是干什么的几乎一无所知。当他给我解释说明时，一般情况下我在听了三十秒之后就基本找不着北了。换一个立场来看，他也很难把我的漫画梦当一回事。他虽然称赞我有天分，但语气听上去却像是一位宽容的父亲在表扬他五岁小女儿的画作一样（"这个大猩猩你画得可真不错啊""爸爸，可我画的是妈妈呀！"）。

亚斯帕的朋友们统统是那种雄心勃勃的工程师类型，而且都有着同样目标远大的女朋友。于是，在我们每周一次的游戏之夜（这对于其他人而言是非常开心的聚会之夜），我越来越觉得自己仿佛置身于一场名叫"谁最格格不入"的游戏里。在亚斯帕的学业即将结束、而我却中途退学之后，他认识到，医药学博士生杰西卡更适合他的游戏之夜。于是他第二次令我心碎地抛弃了我。

现在我将因为班迪克斯要在这四条流泪纹中间再添一笔。

莱尼这时已经看完了他的漫画，走过来问我："你现在该不是想要哭吧？”

“不，不会，”我说，“我不会哭的。”

“那么你的眼睛里为什么满是泪水呢？”

“室内灰尘过敏症。”我的谎撒得不是很有说服力。

“你从来都不会有过敏症状。”

“过敏是会在成年之后突然发作的。”我辩解着，而一串泪珠还是不争气地滑落下来。

“我有个主意能让你振作起来。”莱尼说，他和所有男人一样，对女人的眼泪毫无办法。

“什么主意？”

“我们来吃一吃这玩意儿！”他从裤兜里掏出两颗绿色的药丸，“它们能带来快乐，两个星期之前，我就是吃了它们之后看的《泰坦尼克号》，然后从头到尾笑了三个半小时。”

莱尼递给我一颗药丸，但我摇了摇头。我不服用毒品。经验也让我不得不学乖：失恋之后借酒浇愁并不是个好主意。这一行为造成的可能后果就是驾照被吊销——这是我和亚斯帕分手后的痛苦领悟。

“我们也可以痛痛快快地看一整晚丧尸电影，”莱尼毫不松口，“有一部新的丧尸爱情喜剧片，叫《执子之手》。”

“我不看爱情喜剧片！”我摆手拒绝，第二串眼泪已经准备出发了，“不管有没有丧尸。”

“或者，我们去看达米恩·摩尔的展览开幕式吧。”

达米恩·摩尔！他的画面是那么浓烈，能让人看得上瘾。他最重要的主题是天堂和地狱。他笔下的地狱场景痛苦且阴森，而他的天堂画面却让人只能用“美得难以言喻”来形容。仅仅是从互联网上看到它们的照片，就让我满心都是无以复加的轻松和快乐之感。

如果能真真正正地看到这些画作，那又会是怎样一种感受呢？他的绘画会将把我载入另一个美妙世界，而无须任何毒品。

“你有门票吗？”我惊讶地问莱尼，与此同时，我的泪腺暂时停止生产。

“当然没有，”莱尼回答，“你看我是那种能买得起他画作的百万富翁吗？还是说，我是柏林艺术界的一员？”

“那我们该怎么入场呢？”

“那里的保安主管和我在同一个毒贩那里拿货。”莱尼咧嘴一笑。

# 4

我很想在去看画展开幕式之前回自己的公寓换一身还算时尚的衣服，而不是穿着一套“异形”连体服；但遗憾的是，我的钥匙串还在我那磨得起了毛边的老挎包里，而挎包还躺在班迪克斯公寓的地板上呢。我考虑了片刻，想给班迪克斯打电话，让他把我的挎包和衣物送到漫画书店里来。我给自己描绘了一幅这样的场景：班迪克斯来到店里，带着哭肿了的眼睛向我忏悔说，他只爱我一个。可是，即便出现这样的情况，我真的能重新接受他吗？他终究向我隐瞒了他有未婚妻的事实，而且一瞒就是好几个星期。我真的能原谅他的这种背信弃义吗？

我当然能！

这就是失恋痛苦时最为愚蠢的一个地方：失恋者完全没有了骄傲。

在我的幻想中，班迪克斯和我将带着幸福的泪花开始热吻，而他的那位女医生则飞往尼日利亚地区，和那里的某位丛林医生结婚去了。我的幻想总是给每个人安排了美满的结局，甚至包括了那位恐怖未婚妻以及一位我至今闻所未闻的丛林医生。但紧接着我又想起来：我的手机也同样不在我身边，而是和挎包一起留在了班迪克斯的公寓里。没有手机我就没办法给他打电话，因为我不记得他的号码——现代科技使人类记事情的能力大大退化。思来想去之后，我不得不穿着这身异形连体服去佩加蒙博物馆看画展。我们开着莱尼那辆向来被他称为“莱尼座驾”的、喷涂得五彩斑斓的甲壳虫穿行在夜晚的柏林，来到了这家历史悠久的博物馆。

当我们走上楼梯的时候，我觉得自己有点像是美国喜剧片里穿着奇装异服的女主角，在身着燕尾服和晚礼服的高富帅、白富美中间洋相百出。可是，在保安主管挥手让我们进门之后，我大大地松了一口气，因为我的担忧完全没有必要。虽然宏伟的博物馆大厅里的大部分出席者都穿着晚装，也仍有一些想要展示自己是多么创意非凡、泯然于众的人：有戴着两个眼罩的女人，有穿着羽毛套装的男人，还有身穿红色袈裟、亚洲长相的老态龙钟的男人，以及各色各样的奇人异士。因此，我在人群中也并不是特别惹眼。

墙上挂着一些摩尔的画作，它们是如此震撼人心，甚至让我一时之间忘却了失恋之痛。左边挂着的是描绘天堂的画作，右边是描绘地狱的画作。一部分作品很有黑色幽默式的喜感，比如西班牙异端审判官被魔鬼们放在锅里烹煮的那一幅。而另一些作品却阴森得让我毛骨悚然，比如这幅柏林淹没在血海之中的画。于是我转向了天堂主题的作品。有一幅画面上仅仅只有一片堪称超凡脱俗的蔚蓝，几乎让人觉得这就是上帝亲手拍摄的身边的一幕景象。这片蓝色充满魔力，让我看得无法自拔，直到莱尼冲我低声说："大师登场啦！"

莱尼把我从这幅画前带往一个空着的平台，平台前面站着许多手拿香槟酒杯、狂热期待着的宾客。大厅渐渐暗了下来，电子音乐声响起，激光表演开始了。各种颜色的光束飞来窜去，晃得我晕晕乎乎。而莱尼却如痴如醉地看着这一壮观的场景，他叹息道："哈，用了迷幻药的话，效果应该会更好。"

随着一声巨响，激光表演和音乐同时结束，一束追光随即亮起，投射在一名身形瘦长的光头男人身上。他身上穿的套装左半边的布料是白色，右半边是黑色。如果要猜测一番摩尔的年纪，我想应该是将近四十，但他的风采却赋予他某种历久弥新的感觉。他风度翩翩地对大家微笑着，用丝绒般的、仿若来自某位天使或者是魔王路西法本人的声音说道："哇，这真是一场品位糟糕得骇人听闻的开幕表演呐。"

观众都大笑不已，活动的主办单位除外，就连我也不禁微笑起来。我仅仅因为感受到自己仍然还有微笑的能力，就觉得到此一游很值得。

"如果往狭隘里想的话，你会觉得这不过是一场表演而已。"这位独具魅力的男人继续说道。他从平台上走了下来，开始在观众中间来回游走，而他的身高让他在所有的出席者中鹤立鸡群。尽管非常热，但他光洁的脑袋上却没有一滴汗珠。这是我有生以来第一次觉得一个没头发的男人非常有吸引力。

"你觉得他很性感吧。"莱尼推了推我。

我完全不知道该怎么回答。

"你就承认吧，娜莉，"他说，"这里所有人都觉得他性感。"

我打量了一下四周，的确，大厅里的每一个人都被摩尔迷住了，无论是男人还是女人，又或者是莱尼。

"即便是我也觉得他很性感，"莱尼承认，"可我是个彻头彻尾的直男呐。"

我微微点了点头表示认同，莱尼笑了起来："你很快就会把你那个文青潮男抛在脑后的。"

哦，老天，他说得对。自从我们到了这里之后，我的确一次也没有想过那个文青潮男……呃……我是说班迪克斯。

"人类，"摩尔继续说着，他美妙的声音似乎震颤了我的胸腹，而同时又恭维了我的耳朵，"常常不敢有伟大的想法。与此同时，我们却有能力通过我们的精神来创造各种世界、创造不同的太阳系乃至完整的宇宙。想一想夜晚的梦境吧，在那里，你漫游在现实中所没有的山水之间、街道之上和城市之中，是你在自己的脑海里创造了这些。在梦里，你还会遇见并不存在于现实中的人，他们也是你凭借自己的想象创造出来的。”

“没错，”莱尼表示，“昨天我还梦见了一个热辣的拉丁美女，她要死要活地缠着我玩骰子游戏……”

“嘘！”我打断了他，我还想继续听摩尔的演讲呢。

“你甚至会在梦中和死去的亲人们侃侃而谈，是你自己让他们复活了。创造风景、塑造人类、让死者复活——你有能力做到这一切，只需要施展出你心灵的力量。我们中的每一个人都拥有神的力量！你，拥有着神的力量！”

我着了魔似的凝视着摩尔，他正径直向我走过来。“你，那边穿着连体服的姑娘，你叫什么？”

我除了呼哧几声之外再也说不出一个字，幸亏莱尼及时相助。可遗憾的是，他报出的是我的姓而不是名：“她叫奥斯瓦尔德。”

“奥斯瓦尔德？”摩尔微笑着，“你的父母给你取了个男孩名呢，大概是为了让你苦心智、磨筋骨吧。”

大厅里的人似乎都觉得这番评语相当有意思。在我开口解释这个误会之前，摩尔又问道：“你把自己的创造力运用在什么地方呢，奥斯瓦尔德？”

“用在……漫画上……”我吞吞吐吐地说。

大厅里的一些人咯咯地笑了起来，因为在某些艺术爱好者看来，漫画这东西都是破烂玩意儿。

“请不要根据作品的艺术形式来贸然评判任何作品。”摩尔喊道，笑声顿时止住了。他迷人的魅力让整个空间都被他牢牢握在手中。“那么奥斯瓦尔德，你的漫画是不是正是你梦寐以求的那个样子呢？”

“呃……还行吧……”我说得吞吞吐吐。这是一个很恰如其分的回答，因为，当审视我的“剩女系列”时，我的感想并非“娜莉，干得很棒”，而仅仅是“呃……还行吧”。

“别再让你的思维继续狭隘卑微了！要想得高远！要创造伟大！”摩尔说道，用他那湛蓝的眼睛热切地注视着我。他仿佛把能量传递给了我，并让它在我的体内奔腾涌动。突然之间，我浑身上下充满了生机。

“感受你梦想的力量吧，奥斯瓦尔德！”

在这一刻，我真真切切地感受到了它，并且也想要运用它。我再也不要狭隘卑微地去思考了！这一次，我不想让失恋的痛苦把自己弄得一连好几个月都士气低落、画不出半幅还算不错的作品。这一次，我要创作一些伟大的东西，我要把自己的梦想付诸实践！

## 5

摩尔还激励了其他几名参观画展的观众。其中包括那位戴着两个眼罩的女人，她终于决心去追寻阿茨特肯帝国消失的秘密。即便是莱尼也开始问自己：如果他发明出大麻棒棒糖，是不是就能让世界变得更美好一点。

没过多久，摩尔就向众人道别，他今晚还得赶往圣保罗。在雷鸣般的掌声中，他鞠躬致意，然后离开了博物馆。而涌动的能量也随着他一起离开了大厅，很遗憾，它也同样离开了我的身体。不到一会儿，我就开始怀疑自己是否真的能够创造出一些伟大的东西。我必须再次见一见摩尔，问问他能不能给我一点建议，要怎样才能把自己的创造力充分发挥出来。

我赶紧穿过人群、奔向出口，期望能够堵住那位大画家。莱尼跟在我身后喋喋不休："这种大麻棒棒糖本来得是绿色的，但如果能用其他颜色做出来的话，那当然就再好不过了。你觉得迷幻药棒棒糖怎么样？"

我完全没有认真听莱尼在唠叨些什么，我的注意力统统集中在摩尔身上。走到楼梯最下边的时候我恰好发现了他，那名穿着红色袈裟的亚洲老年人正递给他一件东西，那是一本包着老旧皮质封套的小册子。摩尔深深地鞠了一躬，而亚洲老头也躬身回礼，然后，就拄着他的拐杖消失在了柏林的夜色之中。对这么一位上了年纪的人而言，他的脚步相当敏捷，我暗想。

"摩尔先生！摩尔先生！"我喊着。摩尔转过身，认出了我，问：

“什么事，奥斯瓦尔德？”

我考虑了片刻是否应该先纠正一下我的名字，但还是放弃了这个想法。“您能给我一点建议吗？”

“你想要什么样的建议呢？”

“具体要怎么做，我才能发挥出自己的潜力？”

“是什么阻止了你创造出伟大的事物呢？”摩尔问道。

我的脑中涌上了好几件事情：糟糕的工作环境？缺乏灵感？天赋不足？

“是你的痛苦吗？”

对了，很可能就是因为这个。

“好好运用你的痛苦，用它来改变世界吧，奥斯瓦尔德！”

摩尔把小册子放到了轿车的后座上。皮质的封套似乎磨损得很厉害，册子看上去好像早在数百年之前就已经被僧侣们制造了出来。封套上面印着亚洲文字，和人们很喜欢用来做文身的那种图案很相似——去文身的人都以为那些文字表示着“永恒的幸福”“永恒的爱”,或者是“永恒的忠诚”等。但如果文身师傅对汉字一窍不通的话，那么文到皮肤上的字眼一不小心就可能变成“炸鸡”“蠢蛋”，又或者是“本电梯的安全承载人数最多为 13 人”。

“摩尔先生，”莱尼说道，而对方正打算从另一边登上轿车，“我也有一个问题。”

“什么问题？”摩尔问。虽然被人接二连三地拦住去路，他仍然非常客气。

“您在作画的时候服食的是哪种毒品？我在哪里可以买到它？”

摩尔解释说，真正的艺术无须毒品，而莱尼回答说他应该把这话说给基斯·理查兹听听。与此同时，我悄悄地拿起那本小册子翻了起来。书页是空白的，但纸张摸上去的手感真是妙极了，它如丝缎般光滑，同时又很结实耐用。有那么一瞬间，我甚至觉得纸张闪烁出魔幻般的光彩。但那只不过是博物馆的照明设施投射过来的光线罢了。如果能在这本册子上画画，那会是怎样一种美妙的感受呢？当我的指尖抚过纸页的时候，我清晰地感受到：用这样的画册，我就能创造出真正伟大的作品。

我瞄了一眼摩尔，他正耐心地听着莱尼自说自话地讲述“27 岁俱乐部”，也就是所有在 27 岁这年去世的音乐家：吉米·亨德里克斯、珍妮丝·乔普林、科特·柯本、艾米·怀恩豪斯等。莱尼正在畅想着，如果他们能在天堂演唱一曲新版的《想象》该有多么棒。

我又看向司机，他正坐在驾驶座上看报纸，没人注意到我。我抓起书册，拔腿就跑。

## 6

我跑啊、跑啊、接着跑，然后喘啊、喘啊，不停地喘，直到我再也喘不上气并且跑岔了气让自己痛得不行的时候，只好靠在墙上歇脚——至此，我一定已经跑出了七百米开外吧。我打量了一下四周，没人跟上来。我放下心来，深深吸了口气，当重新能够正常呼吸之后，我拦下了一辆出租车，虽然我的连体套装里并没有钱。我让司机把我送到漫画书店，然后从收银柜里拿出钱支付了车费（就当作是提前预支工资吧）。然后我在皮沙发旁竖起两盏落地灯，带着画笔以及偷来的小册子“砰”的一声陷进沙发里。

我不知道自己想画什么。可是我手里的这本册子，它的气息、粗糙的皮革、丝滑的纸张，还有这些亚洲文字——我很肯定，这些文字一定是古老的箴言，而不是“当心烫手、多油脂”这类警告，这一切都让我确信，就在今晚，我将创造出非常出色的作品。

这本册子完完全全地把我迷住了，有那么一瞬间，我以为书页又开始发光了，但那只不过是外面来往汽车的车灯。

我几乎忘却了班迪克斯，忘却了我的失恋之痛，这本书册让我怦然心动，我将画笔落向纸页，想让自己跟着感觉走，可就在笔尖快要触到纸张的时候，我听见街上传来“咯吱”的轮胎声。我的目光越过唐老鸭纸板像、透过玻璃扫向店外：莱尼把他的“莱尼座驾”停在了路边，像往常一样对隔壁电器店的“出口处请勿停车”指示牌没有表现出半分关注。他跳下车，走进“老船长漫画书店”，向我打了声招呼：“嗨，娜莉，你可忘了些东西啊！”

“什么东西？”我问。

“我。”

“抱歉哦，”我结巴起来，试图找出一个借口，“我有点急事，因为……因为……”

“……因为你偷了摩尔的东西。”他接着说完。

“呃，是……正是这个原因。”我承认，并向窗外看去。我有着妄想式的担心，总觉得会有人尾随莱尼追过来。

“别担心，摩尔没有看见你。当你开溜之后，我马上打了掩护，转移了他的注意力。我为他演唱了已身在天堂的‘二十七岁俱乐部’成员们最痛恨的歌曲。”

“哪首歌？”我问。

“当我六十四岁时……”莱尼唱得那么怪诞，让我忍不住捧起了脑袋，犹如头痛病剧烈发作。

“摩尔也做了这个动作。然后我又继续唱了一会儿，直到你拐过了街角。知道吗，你那速度真的算不上快……跑得也很不流畅……这大概是因为你的腿是外八字……”

“够啦……”

“也可能是因为你的屁股太胖，而让身体重心转移到了后面……”

“我都说了，够啦！”

“我只是想帮忙分析一下问题出在哪里嘛。”

我别过了脸。

“你到底偷了他什么东西？他真的慌乱得一塌糊涂。”莱尼问，并且激动地舔着一块棒棒糖，“信用卡？现金？首饰？我之所以问，是因为我帮了你，所以战利品也有我的一份才行……”

“是这本册子。”我回答，心里五味杂陈地给他看了看书册。我并不为自己的偷窃行径感到骄傲。

“这也太没劲了吧。”莱尼很失望。

“我现在很想画画。”

“那可不行。我帮了你，所以你现在要帮帮我。”

“怎么帮？”我问。

“我们来玩我最喜欢的游戏！”

我就怕他来这一手。

# 7

“坏坏儿”是莱尼所发明的，并且多年以来一直不断改进的一个棋盘游戏。游戏场景是一个名叫“边缘之国”的童话世界，那里的统治者是充满爱心的国王和王后，两人分别叫作“马鞭草”和“蔷薇香”。他们一直都很善待自己的臣民，把每周二和周五定为节庆日，并且从来不会把人扔进阴暗的地牢，也不会征税。尤其是最后一条，让国民们衷心希望两人能长生不老。不过，这一对高贵的君主夫妇并不是游戏的主角。游戏的主角是一个女性大反派。而莱尼玩的角色就是这位名叫“坏坏儿”的游戏主角，她是一个年仅十岁的可爱小孤女，她的最大的梦想是能作为最穷凶极恶的大坏蛋，被载入边缘之国的史册。

每一局游戏的目标都是让“坏坏儿”成为童话国度的邪恶统治者。为此，她必须经受不同项目的考验，比如绑架可爱的小公主，骑上邪恶的巨龙，以及疯疯癫癫地大笑，等等。

那些和莱尼每周两晚聚在一起玩游戏的宅男们都不是测试这个游戏的上好人选。他们很不喜欢这种要扮演一名可爱小孤女角色的游戏，哪怕在游戏过程中要给大批的饮用水源头下毒也不能激发他们的兴致。宅男们都没有发现，莱尼有着一个受伤孩子的灵魂，而他在竭尽全力地想要隐藏它。有为数不多的几次，他曾向我提到过某些事情，从中可以看出他的家庭环境很有问题。他七岁那年某一天放学回家，他的父亲已经离家出走，并且没有留下自己的新地址。而他的母亲在不久之后就给他取了一个绰号，叫作“错误”。我猜，小莱尼在那时大概很想要一个“坏坏儿”这样的姐妹吧，她能保护他不受生活的伤害。

总而言之，我是唯一一个偶尔和莱尼测试几局“坏坏儿”游戏的人，以此帮助他继续改进人设。玩的时候我总是得扮演“坏坏儿”的死对头，在棋盘上摸爬滚打，那就是边缘之国的善良精灵“呵欠儿”。不过，今天的我却玩得有些心不在焉，心里不断想着的都是班迪克斯。当心痛得太厉害时，我就看一眼那本小册子，便会觉得稍微好受一点。

“我现在要使用我的精灵魔粉了。”在玩了差不多一个小时之后，我宣告。

“坏坏儿”已经成功地让半个国家成了瓦砾和飞灰，不过，她的力量也使用殆尽。也就是说，她离失败不远了。

“而且我要使用这根魔杖，”我宣告，“我把‘坏坏儿’变成一个和平的生物，成为边缘之国可贵的、受人尊重的社会成员之一。”

“‘坏坏儿’会逃离这个可怕的命运的！”莱尼反驳着，试图让自己听上去像一名邪恶的小女孩，但做得很不成功。

“你是无法挣脱的，”我反驳回去，“你已经没有任何魔力了。”

“但是‘坏坏儿’还有西式魔幻神奇鸡。”

“西式……魔幻什么？”

“西式魔幻神奇鸡啊！”

“你以为你这样一说别人就能听得懂？”

“哎呀，就是她那只有魔力的鸡嘛。”莱尼解释道。

“你的西式西班牙语一定能让西班牙人振聋发聩，让翻译家们心悦诚服啊。”

“我没说西班牙语，刚才用的也是帕罗姆语。这是边缘之国南方地区说的一种语言，那片地区有很多养鸡的人。”

“还有一个问题，神奇鸡具体是个什么东西？”

“它可以变成巨龙，然后喷出火焰烧焦‘呵欠儿’的头发。然后，‘呵欠儿’就会大哭着跑回家，接着，她那位喷了一身香水的王子就抛弃了她。”

“这又是为什么呢？”

“因为他和所有童话王子一样，都肤浅得非常彻底，所以他永远都不会去爱一个秃头的女人。”

“你不能就这么凭空变出来一只神奇鸡啊！”我抗议道。

“‘坏坏儿’可不是凭空把它变出来的！她是在自己的秘密实验室里研发出来的。”

“‘坏坏儿’从什么时候开始有秘密实验室的？”我在整个游戏棋盘上都无法找出相对应的区域。

“一直都有的，只是非常保密而已。”莱尼微笑。

“你也太输不起了吧。”我有些气愤。

“‘坏坏儿’永远都不会输！”他回答道，对自己那位邪恶的小孤女非常自豪。

在这一刻我明白了：莱尼对“坏坏儿”的爱远远超过了我对“剩女”系列的在意。也许，他对这个想象出来的人物的感情就和我对班迪克斯一样多。这到底健不健康？大概是不太健康的。但对于我来说，在班迪克斯身上倾注这么多的感情也并不健康。

我看见莱尼的眼睛灼灼发亮，这时我明白了：如果我想要创造出优秀的作品，那么我必须要全心全意地去热爱它！

## 8

爱。

痛苦。

摩尔说，我应该运用它们。在莱尼回家之后，我思考着这个问题。莱尼的家具体在哪个位置，我一无所知。说不定他就睡在那辆五彩斑斓的甲壳虫里。这至少解释了，为什么他那车里的气味总有点像腐烂了的山羊（我当然并不知道腐烂的山羊闻起来到底是什么味儿，但我估计，这大概和连续数月没有通风换气的男士更衣室有着相似的气味）。

我的痛苦无法和那位外裔检票员相提并论。我猜，也没法和世界上 99.7% 的人相比。在少年时代，我妈妈曾对我说："瞧，你因为亚斯帕不爱你而痛苦，但你想一想，在非洲还有小孩子饿死呢。"听到这番话，我向她扔了一个枕头，抱怨说："在那个地方有孩子饿死的这件事一点儿也缓解不了我失恋的痛苦啊。"

如今，我的理智让我知道：尽管很痛苦，可与别人相比我并不算糟。只不过，我这颗傻乎乎的心仍然没有明白过来而已。我的痛苦也无法和莱尼相比，因为和他不一样的是，我拥有非常棒的父母。我之所以至今仍然相信着伟大的爱情，在很大程度上是因为父母的缘故。妈妈和爸爸是在马洛卡岛上著名的巴勒曼派对上结识并坠入爱河的，因为他们是那一片地区唯一一对不喜欢酒精的人。从那时开始，他们俩不在一起的时间从来没有连续超过几个小时。作为银行职员的他们有着一个幸福的、小市民式的人生，至今两人仍然像相恋第一天那样爱着彼此。小时候的我以为这是世界上最平常不过的事情了，而今天我才知道：对于大多数夫妻而言，这样一种充满爱意而没有冲突的关系都必须借助神经药剂才有可能实现。几乎所有的夫妻和恋人都不得不将就地生活在一起。可我不想将就，尽管受到了伤害，尽管经历了班迪克斯、亚斯帕、拉斐尔、卢卡斯以及又一次的亚斯帕。无法得到像父母那样的幸福爱情，这就是我的痛苦。与难民、挨饿的儿童，或者是莱尼这样从未被自己父母爱过的人相比，我的痛苦是幼稚甚至是可笑的，但它就是我的痛苦，而我现在要把它利用起来！

爱。

痛苦。

我决定，画出属于我自己的白马王子。

## 9

我取来一块印有花生漫画图案的柔软舒适的盖毯，重新拿起笔和小册子坐到了皮沙发上。至于我如何在不请人开锁的情况下就能进到我的公寓里去（锁匠的费用我只有卖肾才支付得起），这个问题被我抛在了脑后。我眼下的事情要重要得多：我要创造一部能征服全世界的漫画。

我翻开了书册，空白的纸页仿佛又开始发光、发亮。我的白马王子必须拥有哪些特性呢？

勇敢，风度翩翩，正直，都是他必须具备的。

这是毋庸置疑的。

强壮，灵敏，迅捷。

毕竟这家伙还得有能力去拯救他人的嘛。好吧，我承认我也很喜欢那些以女性为主人翁的故事，但我现在要画的是我的白马王子，他不应该在女人们主动出击的时候袖手旁观，必须有所行动才对。

接下来的问题是：他应该生活在一个什么样的世界里？当今皇室的王子们看上去统统都算不上雄姿英发。他们也几乎没有什么机会去冒险。对他们而言，最大的危险不过是来自于死活都想要当王妃的小明星们。所以，我的王子不会生活在今时今世。

兴许应该是在一个童话世界里？不行，莱尼说得有道理，童话世界里的王子们都把自己收拾得香喷喷的，并且也都很肤浅。再说了，他们穿着紧身裤的模样就好像随时随地都会跳起芭蕾舞来。我的王子必须生活在奇幻世界里！这个世界并不一定会像《权力的游戏》里的那种——在那样的世界里暴力遍地，没有哪一个王子可以顺利活到提前退休的年纪。它应该是一个充满了激昂英雄传说的世界。我热爱亚瑟王的传说，即便是英国巨蟒剧团以此为原型创作的滑稽喜剧《巨蟒与圣杯》也无法摧毁我对这一传说的狂热。还是小姑娘的时候，我曾想象过自己生活在卡美洛王国，师从大法师梅林修习魔法，帮助骑士们战胜女巫摩根娜。可是，当我想画出亚瑟王、兰斯洛特以及那个活像盖碗的圣杯来为白马王子提供范本时，我的脑子里却不断浮现出《巨蟒与圣杯》中的场景。所以，我不得不想一想其他英雄传说里的人物。《魔戒》里的阿拉贡比较接近，虽然比起营救公主，他更喜欢拯救霍比特小矮人——真不明白这到底是要表现他的哪种特性。

我的白马王子不仅仅拥有强健的体魄，他的服装也要与艰险的神话世界相协调，并且看起来像一位高贵的斗士：锁子甲、皮裤、长靴，再加一件动物皮毛的披风。另外，英雄也需要一把由最坚硬的精钢铸成的长剑。剑柄应该是华丽的黄金质地，雕成狼的样子。因而这把剑就叫作“狼刃”。我考虑了一会儿，是否应该把剑命名为“迪特”，但这样一来就又成了搞笑故事。我不想再把自己的感受藏在讽刺的糖衣之下，那是我一直以来在《剩女》系列中的套路。而这一次，我想要更直接、坦率且真实。我想要塑造一个卡美洛式的英雄传说，一个在我们今天的世界里不再谱写的那种故事，一个像遥远时代那样的传说，也就是复古。这个主意不错！

半个小时之后，我已经在纸上画出了白马王子的绝大部分，只剩下一个小细节了：

王子的脸到底该长什么样呢？我的脑子里飞快地闪过相貌英俊的动作演员。倒数第二个让我想起的是摩尔，而最后一个是班迪克斯。

班迪克斯。爱。痛苦。

我应该把这个利用起来才行。于是，我把班迪克斯的脸画到了王子的脖子上。只不过，我刮掉了他文青潮男式的胡子。胡子可以不要，但头发要更长一点儿才行。

现在就只剩下名字了。它必须是一个与古老的凯特族英雄、传说中的王子相符合的名字。我给他起了一个可能会让人误解为讽刺、但实际上却让我觉得非常贴切的名字：我就叫他雷特罗（retro，复古的意思）！

雷特罗·冯·阿曼坡！

我注视着我的作品，觉得相当不错。我很开心，这样的开心是我自从浴缸事件之后就再也没有奢望过的。既开心又疲惫的我在沙发上舒服地躺了下来，盖着我柔软的花生漫画毛毯，欢欣鼓舞地入睡了。

第二天早上我被人叫醒，有什么东西把我的脖子扎得生痛生痛的。在我睁开眼睛之前，我听见了一个低沉的声音："快说，女人，我身在何地？"

## 10

如果脖子上的刺痛不是从“极度不舒服”转变成“真是要痛死人了”的话，我大概还会对“女人”这种用词更加惊讶一点。

“唉哟喂！”我大喊了一声，努力睁开眼睛想弄清楚这种痛感到底是怎么一回事，这时，我看见了某种闪亮的金属。是不锈钢？或者是银器？而这块金属上正倒映着我疼得变了形的脸庞。

“回答我，不然我就扎穿你的脖子！”这个低沉的声音威胁说。同时，那块金属片扎得更深了一点儿。疼痛中的我稍稍闭了闭眼，咬紧牙关重新把眼睛张开，想看一看是谁在对我说话。我抬眼向上瞄去，而面前站着的是……班迪克斯？他身上竟然还穿着我为白马王子雷特罗画的衣裳，没有了胡子，但手上却拎着一把剑，抵在我脖子上的正是那把剑！

面对这种情况，我的反应大概和任何处于相同情况的人都一样，我问：“唉，你是不是脑子进了水啊？”

“这话是什么意思，女人？”班迪克斯反问。

不过，他倒是把剑从我的脖子上挪开了。疼痛感消退了下去，我可以顺畅地吸两口气了。

“说吧，女人，‘脑子进了水’是什么意思？”

“还能是什么意思？”我回答，“你没脑残吧？”

“脑残？”

“你家踩轮子的仓鼠都还在吧？”

“仓鼠？”

“不然就是它们去你脑袋里放屁了，是吧？”我的意思表达得再清楚不过了。

“谁？仓鼠吗？”

“爱谁谁啊！”

“为什么仓鼠会做这种事情？”

“不知道啊，”我回答，“也许因为你在它们面前也像现在一样神神道道的啊！”

“我已经有很多年没见过仓鼠了。上一次见到还是在南部堡垒被围困时，我们在困境中以它们为食。”从班迪克斯脸上的表情来看，就好像曾经他的确被围困并陷入饥荒的境地。他表现得真实可信，不仅如此，他说话的语调也至少比平时低了八度。这让我感到非常意外，他竟然在演戏方面有这么高的天赋。我的老天，这家伙昨天在他未婚妻面前想假装胃胀气时还露了馅呢，可现在却能让人以为他真的有着伤痛的过往。

班迪克斯把痛苦从眼中驱散，解释说：“而且，仓鼠也不可能在人的脑子里放屁。”

“呃……你说什么？”

“要做到这一点，就必须先杀掉我，接着，用斧头把我的脑袋劈开，然后仓鼠还得爬进去并且……”

“说得也太细节化了。”我打断了他。

“细节化？这又是什么意思？”

“你就别再装疯卖傻了！”我怒发冲冠。

“你胆敢对雷特罗·冯·阿曼坡用语不敬？”班迪克斯威吓地用剑指向我。

“如果你不把剑挪开的话，我还会用脚不敬呢。我会踹得你下半身需要开发援助。”

“你胆敢威胁雷特罗·冯·阿曼坡，女人？”他的剑举得更吓人了。

“洞察力不错啊！”

“没人可以威胁雷特罗·冯·阿曼坡！”班迪克斯的眼睛眯了起来，闪烁出冷酷的怒意。哪怕我的脑袋对我说“这一切不过是场游戏而已”，可我还是被吓了一跳，于是我缓和了语气，以免继续激怒他：“我不知道你到底想干什么，但如果你能放下这把傻里傻气的剑，我会相当高兴的。”

“这是‘狼刃’，是永恒之王的最后一把剑。”他说得激昂高亢。

我着实吃了一惊。班迪克斯是从哪里知道我给这把剑取了这个名字的？既然说到这个问题，那么他又是从哪里知道我把王子命名为雷特罗·冯·阿曼坡的？解释只有一个：班迪克斯一定是在我睡觉的时候偷偷看过我的小册子。出于某种原因（但愿我马上就能搞清楚到底是什么），他决定把自己打扮成雷特罗的样子，并为此刮掉了胡子。但是，他是怎么在这么短的时间内弄到这套服装的？雷特罗的造型可是我自己想象出来的，想要现做的话，光是按照我的模板去裁剪就得花一番工夫。而这样的服务项目只需要一个晚上就能办到吗？又或者，我以为这套造型是自己研究开发的，但实际上却是无意识地把《魔戒》《权力的游戏》，或者是某部与卡美洛相关的影片中的戏服画到了纸上。而班迪克斯在认出来之后，很快就找到了租借戏服的地方，同时还弄到了一把真剑以及可以塞到戏服下边的塑胶垫衬——因为那惊人的肌肉是不可能借助一大杯超剂量的蛋白粉混合饮料在一夜之间长出来的。可是，哪家戏服出租店大半夜里还开着门呢？不过，现在的首要问题并不在于戏服店的营业时间，而是——这见鬼的一切到底是怎么一回事啊？

对于这个问题，我充满希冀的拳拳之心怯怯地对我的理智说出了一个答案：也许……也许他做这一切是为了重新赢回我。

嗯，如果是这样的话，这至少可以算是一次相当有原创性的尝试嘛。可除此以外还有别的解释吗？比如，雷特罗从我的画册子里活了过来……

那是当然啦，而且外面正漫天飘飞着粉红色的大象在欢唱《玛卡莲娜之歌》呢。

只有看多了漫画和奇幻小说的人才会产生这种念头。那位从未真实存在过、因而也就永生不死的福尔摩斯曾经说过：如果把不可能的事情排除掉，那么剩下的就是真相了，不管它显得有多么难以置信。而在此情此景之下，显得相当难以置信的现实就是：班迪克斯想要让我回到他身边！

我的理智让我觉得这种推测很有道理。这真让人高兴得想先来一个前空翻，再来一个后空翻啊，而且是空中转体两次的那种。我的理智警醒地喊道："亲爱的心，每当你快乐得做起体操的时候，总是会摔成重伤的呀。"而这时，班迪克斯的低沉声音打断了我的意识激流："如果你现在再不告诉我这到底是什么地方，我就用狼刃刺穿你。"

我仔细地看了看他，不得不承认，这个新造型很适合他。他的脸显得更加棱角分明，并且也比从前更有男子气概。刮掉胡子明显使容貌有了极大改善。每一个潮男都应该这么做，这样一来，世界也将更具美感。这一头长发（他是去做了接发吗）不仅很酷，而且颇具野性。简而言之，班迪克斯比以往要更加帅气了！

我决定加入他的这场"我要赢回娜莉"的游戏，于是说："把你的剑放下，我就会告诉你这是哪里。"

班迪克斯犹豫了一会儿，把剑插回了剑鞘，要求我："现在快说！"

我从沙发上站了起来，走向班迪克斯，捧起了他的脸。

"你……你到底在干什么？"他惊讶地问。

"看上去像是在干什么？"我反问他，而我的嘴唇靠得越来越近。

"看上去，你像是要给我一个吻？"班迪克斯回答道，出人意料地显得有点胆怯。几乎让人觉得，他还从来没有被女人吻过。

"不是随便的一个吻，而是一个生命之吻。"我说。如果是普通的谈情说爱，这话就说得有点矫揉造作了，但我觉得，这非常适合班迪克斯定下的这种调调。当我的嘴唇就要印在他的唇上时，他惊恐地大叫起来："放开我，女人！"然后一把推开了我。我吓得往后踉跄了几步、倒退时被绊倒在纸板唐老鸭的身上。在划拉着双手企图保持平衡却徒劳无功之后，我和纸板唐老鸭一起轰然倒地。

"你疯了吗？"我咒骂着。

"如果这里有谁疯了的话，那就是你！"班迪克斯震怒，重新拔出了剑，这回可不是游戏了。现在我真真切切地开始害怕他会伤到我，于是瞟向门口方向，想估算一下是否有可能逃出书店、跑到大街上去。这时，我的目光扫过了那本小册子，它和唐老鸭并排躺在漫画书店的破旧地毯上，翻开的正好是我画了雷特罗的那一页。

我急忙捡起这本老旧的皮质书册想好好瞧一瞧。没有任何迹象显示这一页曾被人调换过。没有任何精心剪裁过的痕迹，也没有新刷上去的胶水。这肯定、确定并且一定是原本的那一页。只不过，页面现在干干净净、空空如也，雷特罗仿佛真的是从纸页上一溜烟跑掉了似的。我忍不住看向窗外，可外边并没有粉红色的大象一边飞一边唱《玛卡莲娜》，也没有长着紫色斑点的大象，即便是普通的灰象也不见一只。只有一名年轻的母亲推着婴儿车从门前走过，她看上去仿佛刚刚参加了美国政府承办的一场睡眠剥夺实验。

可是，这样的日常景象以及粉红大象的缺席没能给我带来多大的安慰，因为我面前的这个男人仍然在愤怒地质问：“你在干什么，女人？”

我抬头看向他。也许这并不是班迪克斯在用一把借来的剑指着我，也许这位就是雷特罗·冯·阿曼坡本人。

不，这不可能！这不是我创造出来的王子！我真是昏了头。对于这空出来的页面以及我面前的这位斗士，并没有好的解释。也许我在浴缸里把自己弄得缺了氧，以至于伤到了大脑。没错，正是这个原因，绝对是我产生了幻觉！

不过，我一直都以为幻觉这东西不是这个样子的。它应该更有跳跃性，色彩更浓烈一些，更扑朔迷离一点。如果是电影里的人物开始幻想，那么镜头至少会摇摇晃晃，画面通常也会闪闪烁烁，色彩会显得更加失真走样。而正在幻想的人会觉得自己陷入了高烧的迷梦之中。他们大多会遇见一位过世的人，或者至少会碰到一名预言者为某个谜题给出暗示，又或者——在相当糟糕的情况下——会得到一个阴森的预言，不过其中词句总是表达得神神秘秘的，因为预言师总会禁止大家把话说得清楚明白。

可是，我这里的一切显得那么真实。我并不觉得自己高烧发热，也没有发现周围有任何变化。这间漫画书店看上去和往常没什么不同，店外的大街也一样，没有任何摇摇晃晃或者闪闪烁烁的感觉。整体色彩和平日里一样丰富多样，既有漫画书店的五颜六色，也有柏林市区普遍一致的灰不溜丢。现在的情况也和谜题或者阴森的预言一点都不相干，眼前提着剑的这位斗士只是想知道自己在什么地方。不管怎么思来想去，这场景都不像是幻觉。

如果排除了不可能的事情，那么剩下的就是真相了，不管它有多么难以置信——福尔摩斯虽然这么说过，但这位聪明人可从来没碰到过我这种状况啊，他顶多就是和巴斯克维尔的猎犬以及莱辛巴赫瀑布做一些斗争而已。更正确的说法应该是：如果排除了所有不可能的事情，那么剩下的就是真相了，即使它非常不可能。

这是完全不可能的。

但我面前站着的正是雷特罗·冯·阿曼坡。

扫码试读本书内容

## 11

真见鬼啊，王子到底是怎么活过来的？我那被小说和漫画培育出来的想象力很快给出了三种可能性：第一，那本册子说不定有魔力，一切画在上面的东西都能变成活生生的；第二，正如艺术天才摩尔对大家说过的那样，我拥有自己不知道的精神力量，一切被我想象出来的东西都能活过来；第三，也许，来自第五次元的家神小精灵来拜访我了，并且和我开了一个玩笑。

这本册子是不是一本魔法草稿本，这可以很快就搞清楚，只要在上面画一点东西，然后静静地等着，看画出来的物件会不会离开书页活过来。不过，我首先得阻止雷特罗用他的利剑把我切成肉片。可是该怎么阻止呢？跳起来拔腿逃跑的话，我会被当场砍成两半的。即便我能活着跑到了门口并且开溜（这种情况当然不大可能），我也溜不了多远。他是一名经验丰富的斗士，可我却并不是奥运会选手啊。也就是说，逃跑不是一个好办法。我只有一个机会：必须想办法先稳住他。

“让我们心平气和地聊聊吧。”我请求道，但对于该说些什么却完全没有计划。我还从来没有和一位王子说过话呢，更别提是一位本来并不存在的王子。

“我从头到尾都一直在说话啊，你这女巫！”他威严地俯向我。

“我并不是女巫……”我抗议。不可以让这名斗士认为我是一个邪恶的魔法师，并误以为必须剁碎我他才能返回家园。

“那么你就是一个魔鬼了？”

“我也不是魔鬼。”我解释道。

“吸血鬼？死亡妖精？女妖怪？”

“不……不是的，都不是……”

“你难不成是一个母鸡大神？”

“母鸡大神？”

“你肯定不会是变形魔婴，”雷特罗非常确信，“变形魔婴会变成更加迷人的样子才对。”

“更迷人？”我问，一时之间忘记了害怕。

“没有魔婴会以又矮又胖的女人形象出现的。”

“又矮又胖？”我觉得这可不是一副迷人的模样。

“而你的鼻子还让我联想起了土豆。”

说得没错，我有一个大大的蒜头鼻，可全世界唯一被允许提起这件事的人是我自己。

“而有这样一个鼻子你应该感到庆幸。”

“庆幸？”我惊讶了，这种话可是头一回听见。

“因为它遮挡住了你的胡子。”

“我的什么？”

“你的胡子。”

迄今为止，唯一一名胆敢提起我嘴唇上方那些微不可见的绒毛的人就是我的理发师帕特里斯，而在那之后，他永永远远地失去了我这个顾客。

“我没有长胡子！我既不是女巫，也不是魔鬼，更不是母鸡大神——真不知道母鸡大神是什么玩意儿……”

“母鸡大神就是……”

“……我一点儿都不关心这个问题。我就是一名非常普通的女性！”

“没有普通女人会穿成这样的！也没有普通女人会居住在这样的地方，”雷特罗用剑指了指周围，“如果这还不算是一间女巫居所的话，那么阿曼坡的青楼就称得上是贞洁之家了！”

我猛然明白过来：我们的书店对于一位来自奇幻世界的王子而言，完全就像是女巫的巢穴。这里有唐老鸭的纸板画，有超人，另外还有一个真人般大小的、拖着五米长尾巴的“长尾豹马修”模型。而且，到处都是画着超级英雄、漫画人物以及迪士尼角色的漫画书，雷特罗绝对误以为这些都是魔法书。

“说吧，女巫，我怎样才能重返阿曼坡？”他重新用剑紧紧地抵住了我的脖子。此刻他终于确信自己是在一间女巫的房子里，并一门心思地只想回家，就像是斯皮尔伯格的大片《外星人》中的外星人那样。这部片子还是我在莱尼举行的那个“八十年代老电影之夜”看的。他当时真实地再现了 20 世纪 80 年代的风光，播放器材用的是老式录像机和显像管电视机。莱尼甚至花费了很大的工夫才弄到了当年《外星人》进入德国影院时在正片之前加映的短片。这部名为《勒沃库森印象》的短片播映时长大概是二十五分钟，但给人的感觉仿佛有二万五千分钟之久。在人类历史上几乎没有任何地区能够像勒沃库森那样缺乏漂亮的“印象”可供观赏。

虽然雷特罗拼尽全力想要显得自己决绝而阴沉，但我还是注意到他在害怕。如果仔细观察的话就能够发现，他的右眼皮在微微颤抖。也难怪他会觉得可怕，他既不知道自己是怎么陷入这个“女巫魔窟”的，也不知道该怎样回到他热爱着的阿曼坡。他和外星人不同，从理论上来说，雷特罗甚至没有给家里打个电话的可能。阿曼坡并不存在。也就是说，他回不了家，永远都不能。

“我数到三，女巫。如果你仍然不说出我该怎样重返家乡的话，那么狼刃会像叉住一个苹果那样叉你！”

“一……”

我必须得马上想个办法。

“二……”

立即，马上！

“三……”

“等等！”我仓皇地喊了起来，“如果你杀掉我的话，你就永远都回不了家了！”

雷特罗僵住了。

“但如果你让我活下去的话，那么我们可以一起找出办法来。”

“你不知道我该怎么返回阿曼坡？”雷特罗的眼皮现在颤抖得更厉害了。

“是的，很遗憾，”我承认道，“但我保证会帮助你的。”

雷特罗审视着我，试图考证一番我说的是不是真话。最终他决定暂且信我一回，于是声明道：“如果你违背自己的承诺，我就把你杀掉。”

## 12

雷特罗重新把剑插回了剑鞘，虽然他放了狠话，但我还是松了一口气，迫在眉睫的危险已经解除了。王子向我伸出他那粗糙而有力的手，想拉我一把。我抓住他的手，被他轻松地从地上拽起来，像个小孩子似的。这不得不让我叹服，这个男人很强壮，大概就算是一块巨石他也能举起来。雷特罗重新放开我的手——惊讶的是，这个动作让我有片刻的遗憾。我建议道："让我们先喝杯咖啡再说吧。"

"咖啡？"雷特罗困惑地问。虽然阿曼坡这个国度并不存在，但就算它存在，那里的人饮用的也不会是咖啡，而应该是葡萄酒、蜂蜜酒或者是琼浆玉液吧。

"我直接煮一杯得了。"我回答着，走向胶囊式咖啡机。我来老船长漫画书店工作的第二天就换掉了那台不知在店里驻守了多少年的老式过滤咖啡机，换上了现在这一台。莱尼和店长洛塔都没有在老咖啡机身上花费过半点心思，以至于它的里边都培养出了新品种的生物。如果我不处理掉老咖啡机，想必那些生物会在不久的将来统治全球吧。

处在我的位置上，并不是每个人都会先邀请雷特罗共饮咖啡的，但我真的急需喝上一杯来压压惊。在没有摄入咖啡因之前，我的大脑的工作能力大概只有当天的33%。实际上，我需要两杯咖啡才能让脑子百分之百地转起来。当我一边等着机器冲泡加浓咖啡、一边冲洗好两个印有褪了色的"美少女战士"图案的杯子时，雷特罗在店里来回走动。我听见他的肚子在咕噜直叫，而他的额头大汗淋漓。

这也难怪，他毕竟穿着一件皮毛披风嘛，而这个夏日的清晨，气温已经远远超过了二十度。

我更加仔细地观察起雷特罗来：他虽然有一张班迪克斯的脸，但我每一秒都能发现他们两人更多的不同之处。雷特罗不仅仅有着结实的肌肉，他的个头更是高出了一截。尤其是，他显得更老一点。不，等等，不能说是“更老”，而应该说他显得更成熟。这个男人显然有过很多的过往，我已经知道的就有饥荒以及被敌人围困。

他一定参加过很多战争，也许战胜过兽人和魔怪，说不定还驯服过巨龙。

他是否也和很多女人上过床呢？

他是一名不错的情人吗？

我为什么会去想这种事情啊？阿曼坡根本就不存在好吗！

“来，喝吧。”我把一个“美少女战士”杯子递给他。王子颇为质疑地嗅了嗅，我先喝了一口，以此来表明我真的不想毒害他。当他看到我并没有倒地而亡时，也跟着喝了一口。然后，雷特罗虎躯一震，问道：“这种汤水你觉得好喝？”

“我还非常喜欢喝呢。”我回答，又喝了一口。

“也难怪你会长胡了。”

对于一个不应该存活于世的人而言，这家伙实在很懂得怎么让别人火冒三丈。

多亏了咖啡，我的大脑勉强开始运作起来，我也该慢慢开始考虑考虑雷特罗为什么能活过来这个问题了。我拿起那本小册子，心想：要不要再在上面画点什么东西试试看？画一些不危险的东西，比如一只小巧可爱的、会跳舞的茶杯？

可如果图画真的变成了活生生的东西，我也依然不能确定，把东西变活的到底是我的册子还是我的思想，又或者是第五次元的家神精灵在恶作剧？更何况，我实在没胆子再让更多不应该存在的东西在漫画书店里上蹿下跳。

因此，我并没有拿起画笔，而是更加细致地观察起这些亚洲字符来。它们说不定就是整件事情的关键。要对它们进行解密，我自然是做不到的。我也很希望雷特罗有能力给我翻译一下。他这种类型的男人大概对神秘的符文记号更加熟悉一点吧。但感谢老天，紧挨着漫画书店就有一家色彩斑斓的亚洲小餐馆。于是我一边把小册子装进一个店里售卖的“超人”背包，一边简单明了地对雷特罗解释道：“我们先去吃点东西。肚子吃饱了，脑子就会好使一点。”

雷特罗有点犹豫，比起温饱来，他还有一大串更为紧迫的问题，但最后他还是同意了：“好吧，让我们恢复一下体力。可之后你就得告诉我回阿曼坡的路！”

我本来应该再喝一杯咖啡的，这样我的脑力就能提升到百分之百，我大概也就能自然而然地想到，直接把雷特罗带到柏林的大街上去，真不是一个好主意。

## 13

我们离开了书店，我仍然穿着我的连体服，而雷特罗披着他的毛皮制服。即便他这身造型一定会非常引人注目，但我也确信：大多数的路人都只会把他看作柏林怪人中的又一名成员而已。我们刚迈出门槛，雷特罗就迟疑地站住了脚，仿佛正身处噩梦之中。“你们的房子，全都……全都和我们那里的城墙一样高啊！”

在我们这条大街上耸立着的只是典型的老式柏林房屋，等看到真正的高楼大厦时，这个可怜的家伙又会有什么样的反应呢？

“你们这个奇怪的王国叫什么名字？”他问。

我要不要给他解释一番，我们的国家已经不叫“王国”了？我决定还是什么也别说的好。不管他在阿曼坡有过什么样的死对头，那些坏蛋也许能和索伦或者达斯·维达分庭抗礼，但却一定是无法和阿道夫·希特勒相提并论的。与幻想相比，现实总是太过现实了。也难怪，我总是喜欢逃进幻想中去。

“我们的国家叫德国。”我回答了他。

“那么你叫什么呢？”

“娜莉。”

“姓呢？”

“奥斯瓦尔德。”

“这并不是一个适合用在浪漫抒情歌曲中的名字。”雷特罗认为。

“是啊，的确不是一个适用于浪漫情歌的名字。”我表示赞同。“我妩媚的女神奥斯瓦尔德啊”这种诗句想想就知道不太好听。

“慎行！”雷特罗突然叫道。

我脑子里还在琢磨着“慎行”这个字眼我这辈子虽然经常读到，可还从来没听身边的人说过啊；而这时，雷特罗已经把我推倒在地。我“砰”的一声倒在石头路面上，脸颊紧挨着一个被踩瘪的烟头；我疼得咒骂起来，另一边却听到雷特罗紧张地喊着：“是一条龙！”

难不成来到了我们这个世界的不仅仅只有雷特罗，还有一条龙也跟着跑了过来？难道真的有家神精灵在胡作非为，把大批魔法生物变到了我们这里？

我仓皇地看向正在大街上奔跑的雷特罗。他拔出了佩剑，冲向驶过来的一辆大众帕萨特。坐在驾驶座上的是一名略微发胖的男人，属于那种不堪重负的年轻爸爸类型，甚至很有可能是刚刚路过漫画书店的那名妇女的丈夫。

“来啊，你这畜生！”雷特罗大喊，一边把剑挥来舞去。车上的男人大受惊吓地瞪大了眼睛、发了疯似的按着喇叭。雷特罗不应该堵着路的，但退让并不是雷特罗的风格。一名真正的斗士是不会在面对巨龙时逃跑的，而是要用利刃洞穿龙的心脏。

男人发现，这个疯子是不会把路让开的，而这个时候他也没办法刹车了。

我跑向雷特罗，将他扑倒在地，两人逃出了危险区域。倒地时的撞击可真疼啊，我身上一定紫了一大片，而且还会有不少的擦伤。但重要的是，那辆帕萨特险险地擦着我们开了过去，拐进了下一个街角。

“你疯了吗，女人？”雷特罗问。

“第一，不要总是叫我女人！”我高声说，“第二，该死的，那不是一条龙！”

“如果那不是龙的话，那又是什么造物呢？”在我们挣扎着爬起身来时，雷特罗问。有意思的是，他的长发没有一绺落在眼睛上，斗士的头发显然知道它们不可以遮挡斗士的视线。

“那是……”我试图找出一个能让他明白的解释，“……是一辆魔法马车。”

“一辆魔法马车，”雷特罗思索着，“这个德国当真是一个古怪的国度啊。”

“说得很精辟。”我叹息道。

雷特罗观察起其他的“魔法马车”来，这一次开过去的是一辆高尔夫。他的眼皮再次稍稍颤动了一下。王子是一个勇敢的男人，但这一切很明显已经超越了能让他自在舒心的范围。我突然间明白了：即使雷特罗在阿曼坡曾经带领过一大支军队去打仗，即使他在那里能够干掉所有的巨龙，但如果没有我，在柏林的他没办法活过半个小时。

## 14

我们走进了那家名叫“西贡”（越南城市，现名胡志明市）的越南小餐馆——该店出品的炒鸭杂就是莱尼的日常主食，因为用他的话来说，这道菜里面用的蚝油多得可以让人“躺进去泡个澡”。柜台后面站着餐馆的主人——向。这是一名为人友好、身材消瘦、年纪很难说清楚的男人，他用刀切蔬菜的速度快得吓人。他的小餐馆经常面临停业整顿，问题并不在于卫生，而是因为，向始终觉得德国食品监控条例大大限制了自己的烹饪艺术——他烹煮的食材和使用的香料很多都是非法进口过来的。同时，大家也相当担心管理局的人会派调查员过来，因为向一直致力于雇佣从亚洲非法入境的人员。这一是出于人性化的团结友爱，二是因为资金原因。眼下，他正在给一名上了点年纪的小个子男人下指示，让对方去厨房搅一搅酸辣蔬菜汤。这道汤的配料随着每天食材的剩余情况不同而不同，尽管如此，味道却一直都挺不错的。

“这里的味道闻起来很像玛德利坡的悬挂式花园。”雷特罗很肯定地说。不过，光靠他的面部表情还看不出，这种味道是触发了他的美好回忆，还是让他想起自己在那个地方的残酷经历。雷特罗的这些回忆到底是从哪里来的？我是绝对没有画过这些内容的。

“娜莉，”向高兴地喊道，“我美丽的朋友，你好吗？”

“这个黄种男人显然眼神不佳。”雷特罗说。

我恼怒地斜瞟了一眼雷特罗。一方面，我很厌烦他不停对我的外貌给出负面评语；而另一方面，我也不高兴他把向叫作“黄种男人”。

雷特罗无视了我的眼神。而向，作为一名在柏林久经磨炼的外国人士，既没有对这话也没有对雷特罗奇特的造型做出任何反应，他问："你这位朋友是谁啊，娜莉？"

"我是雷特罗·冯·阿曼坡，"雷特罗宣告，"是高文·冯·阿曼坡之子、恐怖王巴多维尔之孙、蓝鸟王布伦斯维克之曾孙……"

"我觉得这些认证信息已经够用了。"我打断了他。

"我是向，"向微笑着，"是东的儿子。"

向曾经对我说过，当年，他的父母不远万里离开越南来到东德，最终不过是证实了即便是在那里的制度下，也并非人人平等，而拥有其他肤色的人就更不用提了。在柏林墙被推倒之后，他的父亲东开了这家小餐馆，在2000年伊始之际，东又带着妻子返回了越南，在那个国度，他不必再听人拿他的名字开"叮叮咚"一类的玩笑了。而向则接手了餐馆，他不想回西贡去，新克尔恩对于他而言更像是故乡。他仅仅是在少年时代去过一次越南而已，只为了去看看父母当年在哪里躲避过美国人的汽油弹轰炸，又是在哪里相识相爱的。

"很高兴与你结识，东之子。"雷特罗充满敬意地说道，并把手伸给了向。雷特罗虽然把对方叫作黄种人，但显然在面对肤色不同的人时完全没有半点骄傲自大。

"请问，你们这里卖带馅料的炙烧长颈鹿脖子吗？有没有现烤的剑齿虎？做不做布里奥风味的巨型蜗牛？"

作为柏林小餐馆的店长，向对千奇百怪的顾客早就习以为常，于是他微微一笑说道："我今天推荐的菜品是糖醋鸭子。"

向手脚利落地盛了一大盘子糖醋鸭肉，又添上了一些炒面。雷特罗对可以弯折的白色塑料刀叉以及橘红色的酱料惊叹了一小会儿，然后谨慎地尝了一口，说道："你是一名优秀的厨子，东之子。"

这时的王子头一次露出了一丝笑容。我不得不承认，他微笑的样子可真好看呐。

当雷特罗吃着糖醋鸭子的时候，我从背包里拿出那本小册子，把它放在柜台上问向："你知道这些字是什么意思吗？"

"这一定是藏语，那我可不懂。不过，丁丁是从西藏来的。"他转向厨房方向，对那名老年男子喊道，"丁丁，你过来一下！"

丁丁赶紧跑了过来，同时用围裙擦着手。向把册子递给他看："你知道这是什么意思吗？"

这位老人盯着这些字符，然后开始发抖。雷特罗断定："这个黄种人的脸发绿了。"

"它们是什么意思？"向又问了一遍。

丁丁继续盯着字符。

"这个绿种人开始发白了。"雷特罗注意到。

"丁丁，说话啊，怎么回事？"向开始担心起他的这位帮厨。

这名西藏老人将目光从文字上移开，看向我们。我期待着他能马上给我们一个答案，可他却扭头跑出了餐馆，看那样子，他好像永远也不打算回来了。

这可不是什么好兆头啊。我对向说："赶紧给我来一杯米酒。"

## 15

雷特罗又吃了第二份鸭肉，这里的饭菜很对他的胃口，但由于分量太少，他不禁开始猜想我们的国家是否正处于被围困的状态。我则在盯着我那已经喝干了的米酒杯底。那位西藏老人的反应让我得出一个结论：雷特罗之所以存在并不是因为什么家神精灵，也不是我新发掘出来的心灵超能力，而的的确确是因为这本小册子。更重要的是，有迹象表明，这本册子是危险、有害的。我感觉自己就像某部都市幻想小说中的女主角，突然发现世界上真的有吸血鬼，又或者是狼人，再或者是丧尸变异的荷兰猪。不管怎样，我都宁愿是这一类型的危险，而不是血腥恐怖片里的那种。但第二种可能性也不能完全排除，因为那位西藏老人的反应特别像是恐怖电影里的花匠：有人请他来修剪某栋老别墅的篱笆，而这幢房子是以相当低廉的价格买到手的，因为这块地皮从前是监狱的墓地。

总而言之，这本小册子显然隐藏了一个极为糟糕的秘密。我思索了片刻是不是要再来一杯酒（然后再接再厉喝掉半瓶子），最后还是跟向要了咖啡。为了能做出下一步的行动计划，我需要百分之百的脑力。虽然即便调动起全部的脑力我仍然不见得能像哈利·波特或者钢铁侠那样机灵，但总比《宿醉》里的那帮家伙要聪明一点点儿。喝过咖啡之后，我决定和摩尔谈一谈。归根结底这本册子是他的东西嘛。当然，这位艺术家也宣布过要飞往圣保罗，但他兴许知道这本册子的秘密，因而很可能仍然滞留在柏林。

我借了向的座机，这玩意儿一定是现存于世的最后一台带拨号轮盘的电话机了。然后给柏林的各大顶级酒店打电话，丽兹·卡尔顿、华尔道夫·阿斯托利亚、丽晶……在每个电话里，我都谎称自己是想要采访摩尔的记者。最后我幸运地找到了他，摩尔下榻于阿德龙这家位于勃兰登堡城门旁边的豪华酒店，他还没有离开。所以，我猜对了，这本小册子对他很重要！

可惜我没能接通他的房间，也就是说，我必须亲自坐车过去。而我还得带上雷特罗，以免他干出什么傻事来。可是，就凭他这身造型，阿德龙酒店的保安人员是不会放我们跨过门槛的。而这一定会让雷特罗很不爽，那么引发不愉快事件就在所难免了。所以，雷特罗需要一身新衣裳！

如果是在电影里的话，我会带着王子从一家店逛到另一家，然后我们就会看到一段有趣的片段，把雷特罗身穿不同服装从换衣间里走出来的镜头都剪辑在一起。

可事实不然。第一，我们并不在电影里；第二，我也没有钱给他置办行头。于是，我们又走回老船长漫画书店，在路上我跟他解释说，我想要去找一个能给我们提供帮助的人。回到店里后，我把“不营业”的牌子挂在了门上，幸好大多数的漫画爱好者都不会在下午一两点之前起床。我从衣架上给雷特罗找到了一件超人T恤衫和一条贴着绿巨人补丁的牛仔裤。

“我是要改头换面吗？”雷特罗质疑地问。

“你最好是能不引人注目。”

“在玛德利坡的时候我也不得不乔装打扮。”他点了点头。

“怎么打扮的？”

“穿上了当地男人的服装。也就是一块缠腰带和一顶帽子，再没有其他衣物了。”

我在心里描画着肌肉结实的雷特罗只穿着一条缠腰带的模样。

“你的眼睛为什么开始忽闪忽闪的？”他问。

“没……没什么啊，”我匆忙说，“什么事也没有。”

“请你转过身去，我要换衣服。”他请求我。

“当然，当然……”我一边回答一边转过了身。

当雷特罗解下他身上的披风时，我的目光便开始四处转悠，最后落在了摆放着迪士尼人物模型的玻璃橱柜上，在那里……我看见了雷特罗的镜像。现在，我可以观赏到他脱衣服的全过程。我当然是不愿意这么干的，因为这种行为挺猥琐的。

可我还是干了……

脱掉披风后，雷特罗卸下了他的链环软甲。我欢乐地期待着能看到他赤裸的上半身，可当我真正看到时，却吓了一大跳！他的背上全是伤疤，大大的、血红的伤疤。

“噢……”我叫出了声。

“怎么了，娜莉·奥斯瓦尔德？”

“没事，没事。”我撒着谎，羞愧地看向了地板。

雷特罗把他的链环软甲扔在地板上。我小心再小心地重新看向橱柜。那些伤疤看上去真的很可怕，并且一直延伸到胸口处。这个可怜的家伙到底遭遇了什么人、什么事？他到底承受了怎样的痛苦啊？

我的大脑开始转了起来，这些伤疤并不是我画的，他的记忆并非出于我的手笔，不管从哪方面看，雷特罗都有着他自己的故事，说不定，他的的确确是一个真实存在的人。

## 16

换好衣服后的雷特罗看上去更加真实了。

他的肌肉虽然仍会让他在柏林的街头引人注目，但却是以一种赏心悦目的方式。现在只剩下一个小细节需要谈谈了。

“这把剑……”我说。

“剑怎么了？”

“你得把它留在这里。”

“我可不会让一个女人来告诉我该干什么！”

“那么你就得自己一个人来对付这个世界了，”我反驳道，“可别算上我。”

他审视地打量着我，想知道我是不是认真的。我迎着他的目光看过去，他的审视意味更重了。我继续直视他的眼睛。最后，他不情愿地点了点头。“你有着坚强的意志，娜莉·奥斯瓦尔德。”

还从来没有人对我说过这样的话，真是让人高兴啊！很显然，雷特罗是一位直话直说的男人。他似乎不会反复思量任何事情，说出口的话语也绝不会饱含深意。从某些方面来说，雷特罗比我们这个世界里的大多数男人都要更加真诚。

在前往地铁站的路上，雷特罗王子看到了很多陌生的东西，比如汽车、手机和仰卧式自行车；还有很多稀奇的生物，比如皇家狮子狗、朋克人士以及踩着仰卧式自行车的人。当我们走到通往地铁站台的楼梯上时，遇见了两名少女，二人身上穿的背心和热裤所用的布料都非常简省。

“这些可怜的姑娘。”雷特罗说，我一时间完全不明白他是什么意思。他走向那两名少女，挡住了她们的去路，说：“你们不能就这么放弃自己的人生，你们完全可以不必作为妓女来谋生，在海港，有一大堆正经的工作可供你们做呢。”

少女们目瞪口呆地看着雷特罗。

“那边一直都在招聘女人去清理鱼的内脏。”

少女们呆傻得更厉害了。

“虽然会染上一身永远都去不掉的鱼腥味儿，但请相信我，你们会习惯的。”

雷特罗是真正想要去关心少女们那所谓的命运。可以这样说，他并不是那种对普通人的命运毫不在意的王子。但对他提出的这一番工作建议，少女们完全不知道该怎么办。我一把拽开了雷特罗，告诉他：“她们不是妓女。”

“那她们为什么要穿成这副模样呢？”

“因为我们这里的风俗习惯不太一样啊。”

“如果这里的年轻女性都以这副模样在一大批老头子中间晃来晃去，”他指了指一个穿着短裤和网球袜的退休老人，那人正盯着女孩们的背影看得直愣愣的，“那么我很不喜欢你们的世界。”

他怒视着那个老头，对他喊道：“如果你再这样盯着年轻姑娘看一次，我就让你变成太监！”

老头火速溜走了。估计从今往后，他一定会再三思量谁是该看的，而谁又是不该看的。雷特罗厌恶地看着他走开，我们的世界开始让他反感。

我们继续往前走，最后停留在站台上，听见地铁由远而近即将进站的声音。

“听上去好像是一头格拉噶尔克！”王子警示道。

我完全不知道“格拉噶尔克”是什么东西，但如果有这样一种生物能够像地铁一样发出轰隆的咆哮声的话，但愿我永远都不会遇上它。

王子想要拔出他的佩剑，却发现自己根本就没有带剑。我轻轻地按住了他的手。“这也是一辆魔法马车，只不过比原先那辆更大一些。”

雷特罗把目光从我身上移向了正在进站的地铁，又重新看向我，他点了点头。但我仍然没有把手抽回来的意思，因为他的手让人感觉好极了。粗糙，但感觉很棒。

车门打开，雷特罗惊恐地看着正在上车的人群。“我们真的要进入这头野兽的肚子里去吗？”

“别害怕，”我鼓励道，“它根本就消化不了我们。”

雷特罗的眼睛再次微微一颤，但他不愿意表现出胆小怕事，于是和我一起登上了地铁。当车门在响亮的咯吱声中关上时，他缩成了一团。而当地铁开始行进时，他大叫起来：“我的老天！这头野兽比我那头火狼的速度还要更快啊！”

这样一种速度明显让王子相当不习惯。我把他拉到空位上一起坐了下来。而他盯着窗外飞速晃过的柏林风景：广告海报、高楼大厦、街道、丑陋得堪称建筑艺术污点的战后新建楼群……同时，他终于意识到自己离他所热爱着的阿曼坡有多么遥远。为了把他从低落阴沉的想法中拉出来，我搭话问道：“你有一头火狼？”

“那是一只妙不可言的动物，它的皮毛就像是赤红的火焰做的，”他转向我，“从我的童年时代开始，它就一直陪伴着我。”

“它叫什么名字？”

“阿火！”

这个名字取得可真贴切。

“阿火在南部城墙的战斗中救过我的性命，而它却失去了右后腿。”

听到这里，我心里突然涌上来一个问题：那这个可怜的动物在小便的时候该怎么办呢？因为，如果要把仅剩的后腿抬起来的话，这个难度还是挺高的。出于礼貌，我没有向王子提出这个疑问，毕竟，他很爱自己养的这个动物。

“你在思索什么呢？”雷特罗问。

“没啊，没有想什么……”我说。

“但我觉得你有。”

我拼命地想要把脑海中一头火狼一屁股摔在地上的画面赶走，但无论如何也办不到。

“我觉得你仍然在想着什么，娜莉·奥斯瓦尔德。”

“好吧，”我只好妥协，“我在想，你的狼嘘嘘的时候该怎么办呢？”

“嘘嘘？”

“它是怎样小便的？”

“直接站住不动就可以了啊，它不必把腿抬起来的。”

哦，没错，听起来蛮有道理的。

“但它只能从一边小便，不然的话它就必须抬起另外一条腿，这样就会一屁股坐在地上了。”

这也同样很有道理。

“阿火一定已经开始想念我了，”雷特罗说，并再次忧伤地看向窗外，“我们还从来没有分开过这么长的时间。”

我真不应该提起他心爱的动物，现在的王子显得比先前更加迷惘了。我真想把他抱进怀里安慰一番。但我根本不敢这么做，我只是轻柔地把手放在他强壮的肩膀上。

“你在干什么？”他惊诧地问。

“我……”我坦率地说，“想要给你一点点安慰。”

“安慰？”他困惑了。

“没错。”我尴尬地说。

“我……我还从来没有被女性安慰过。”这个状况让他完全不知所措。

“听起来挺可悲的。”我觉得。然后我又想起了那些伤疤，一个人该如何独自去承担那样的痛苦呢？

王子对我的发言有片刻的犹疑，但他很快就振作起来，推开了我的手，说道：“雷特罗·冯·阿曼坡不需要任何安慰！”

而这话听起来很孤独。

比任何时候的我都感到孤独。

## 17

雷特罗透过车窗凝视着地铁到达的又一个车站，沉默着。他根本不在意我们现在已经进入了地下，大部分时间窗外都看不见任何东西。他也没有问我，我们正穿行在什么样的阴暗洞穴里，大概他是想防止我再次试图安慰他。

当地铁到达某一站时，一群乱嚷乱叫、手拿啤酒瓶的光头党上了车。从他们脖子上挂着的球迷围巾来看,大概他们正要去看足球赛。其他的乘客都避免与这群足球流氓有任何的目光接触，不是盯着手机就是看向自己的鞋子。一个黑人妇女带着她七岁左右的儿子急匆匆地走向最近的车门，她绝对是想要抓紧机会下车。只有雷特罗看向光头党的方向，他说:“我很了解这一类人。”

“哦，是吗？”

“他们就像北方国度的暴虐者一样，残暴时犹如饿红了眼的狼，胆小时犹如鬣狗，并且愚蠢时犹如光头熊。”

“没错，差不多就是这样。”我说。

“喂，黑婆娘，”一个高大无比、粗笨异常的光头男人冲着那名年轻的黑人妇女吼叫道，“过来，让我感受感受你的温柔嘛！”

年轻女人装作没有听见他的话。

“我说了，过来啊！”这个恶心的家伙却步步紧逼，“也把你那黑鬼孩子一起带过来。让我好好教育教育他。”

女人继续望向窗外。

“我看呐，我得教教你什么叫作礼貌！”

这个粗笨的光头穿过车厢走向女人，他可恶的同伴们尾随其后。女人继续盯着车门，期待着赶紧到站下车。她紧紧拽着年幼的儿子，而她的儿子则紧张地咬着下嘴唇。没有人过来帮他们，大家平日里在报刊文章中读到了太多关于有人因见义勇为而死去的报道。只有雷特罗站了起来。“我必须帮助那名妇女。”

“你想要对抗六个男人？”我难以置信地问。

“想倒是不想，但没准儿老天会站在我这一边。”

“你说什么？”我惊诧了。

“对付六个人，即便是我也基本上没有太大的胜算。”

“可你仍然想要？”

“这么做是对的。”

这可是真正的英雄气概啊。

“如果有狼刃的话，我的把握当然会更大一些。”他说。这话并不是对我的责备，而仅仅是一项声明而已，可我仍然觉得愧疚。如果是在不那么危险的情况下，我大概会尴尬却又感动地笑一笑。

光头党现在已经走到了女人身边，而他们的领头人拽住了她的胳膊：“喂，婆娘，我在和你说话呢。”

“放开我！”女人说道。

“除非你先关爱关爱我。”对方回答，这群男人爆发出了一阵怪笑。女人的眼泪涌了上来，而小男孩紧紧地抱住了母亲。雷特罗走了过去：“放开那个女人，不然你们将领教到我的愤怒！”

“你又是哪里来的小丑？”领头者问。

“我是雷特罗·冯·阿曼坡。高文·冯·阿曼坡之子，恐怖王巴多维尔之孙，蓝鸟王布伦斯维克之曾孙……”

这并没有让光头党们有醍醐灌顶之感。

“放开这个女人！”王子重新说了一遍，并挡在了光头和女人之间。现在站在他面前的是六个大光头。对抗这些人，他兴许是毫无胜算的，可他仍然没有胆怯和退缩，因为这是正义的事情。这是我第一次打心底里钦佩雷特罗。

“滚蛋吧，不然我就把你做成土耳其碎肉饼。”

“你们没资格命令雷特罗·冯·阿曼坡。”

一个戴眼镜的光头，兴许是这帮人里最精明的一个，他开口说：“这家伙真喜欢用第三人称来说自己啊。”

“什么意思？”领头者问。

“如果用第一人称的话，应该会说‘我’怎么怎么样，”眼镜光头开始解释说明，“第一人称的其他形式还有尊称性质的复数……”

“唉哟喂，闭嘴吧，机灵鬼。”领头者打断了他。

这名小个子光头低声抱怨：“你有时候真的很不宽容呐。”

“而我对你们也是不会宽容的。”雷特罗声明。

这是唯一一种让我觉得很不错的“不宽容”形式。

“给我抓住这个小丑！”领头人给他的手下发出指令。可是，在他们扑向雷特罗之前，雷特罗已经击中了一个人的下巴以及另一个人的喉头，这两人当场倒地。

其余的光头党大大地吃了一惊，有那么一会儿我希冀着光头们胆怯地逃跑。而那个“学者型”的光头也的确在说：“牺牲品会反抗这种事情让我很不喜欢啊……”

“这是你们最后的机会，”雷特罗宣告，“停止骚扰女人和孩子。”

“我们也给你最后一次机会，好让你留下几颗牙齿。”领头人表示反对。

“那么来吧！”雷特罗高喊。他正要扑向领头人，但旁边一个长着双下巴的光头胖子用酒瓶砸中了他的脑袋，雷特罗踉跄了几步。双下巴胖子和另一个肌肉发达得活像黑市拳赛选手的光头一起拽住雷特罗，牢牢扣住了他。领头人站到雷特罗面前，开始猛击他的肚子，一拳比一拳凶猛。雷特罗无法从两人的钳制下挣脱。他只是微微呻吟了几声，即便是光头狠狠地揍了他的脸。小男孩开始哭泣，他的母亲试图安抚他。因为我没有手机来呼叫警察，于是我转向车厢内的众人："帮帮他吧！"

我想起了一部叫作《正午》的经典西部老电影——那是父母在我年幼时经常用老式录像机播放的，以免我总是只看《恐龙战队》。在影片里，格蕾丝·凯利呼唤某个西部城市的全体居民来帮助警长加里·库珀共同对抗黑帮。

但是，柏林地铁上的乘客却继续在看手机、看鞋尖。

当然啦，我不是格蕾丝·凯利，而这也不是在电影里。现实真的是糟糕至极！

"你们让我做什么我都会做的。"那位年轻的母亲说道，她不忍心看雷特罗被揍得半死。领头人大笑起来，而他的手下们也一起怪叫连连。雷特罗机智地利用他们注意力被分散的时机，一脚踢在了领头者的两腿之间，力道非常重，从今以后，领头人如果想要高歌一曲纳粹分子的《霍斯特·威塞尔之歌》，恐怕也只能用女高音唱腔来演绎了。与此同时，雷特罗挣脱了钳制，怒火中烧地把钳制住他的那两个家伙的脑袋撞在了一起，双下巴和黑市拳手顿时倒地不起。雷特罗扑向缩成一团的领头人，并把他打昏了过去。这可真是一幅赏心悦目的画面啊！

可倒霉的是，我们都把眼镜光头给忘了。

"我要杀了你！"他叫嚷着，发着抖用手枪对准了雷特罗。

“这是一条什么棍子？”雷特罗问，而其他的乘客都慌乱地躲到了椅子下面，“你想要我玩吗？”

雷特罗没有意识到自己此刻陷入了多大的险境。他可千万别攻击那个神经紧张的光头啊，不然那家伙一定会开枪的。我必须做点什么才行，可我已经吓得好像瘫痪了一样。

“我现在就杀了你！”眼镜光头大喊着，疯狂地把手枪挥来舞去。我很想逃跑，但我不应该逃的。我把自己和故事中的英雄人物归为一类，而不是和胆小鬼。我想要成为哈利·波特，而不是德拉科·马尔福。我必须行动起来，不然，从今往后我在镜子里就永远只能看到一个女版的德拉科。可是该怎么行动呢？我没有魔法，也没有超能力，但或许我并不需要这些东西。我只需要分散那个眼镜光头的注意力，让雷特罗有机会制服他。我的大脑开始疯狂地运转起来，在电影里，囚犯们总是用假装生病这一套。至于我生不生病，眼镜光头一定是不会关心的。那么，如果我高声尖叫呢？这大概不会有太过惊人的效果，因为当有人掏出手枪时，引发几声尖叫还是可以预见的。那我还可以做些什么呢？难不成要载歌载舞吗？但为什么不呢？在这种情况下，或许唱歌能够带来出人意料的效果，不管是什么样的恶人都会转头关注一下吧？哪怕是伏地魔。可我应该唱点什么好呢？这其实都无所谓吧？我就唱我所能想到的第一首歌好了，因为它也是我之前想起过的一首：

“让你肉体欢愉的玛卡莲娜……”

眼镜光头惊诧地转向了我。而我则开始大跳特跳玛卡莲娜之舞。瞠目结舌之下，他手里的武器垂下来了一点点……

“用美好与快乐对待你的身体……让你肉体欢愉的玛卡莲娜……”

……而雷特罗则看准时机，从后方一拳击倒了对方。当光头倒地不起时，我以凯旋的姿态结束了歌曲：“嘿，玛卡莲娜！”

如果是在电影里的话，地铁里的乘客现在就会一起唱起来，大家还会即兴跳一段音乐剧式的群舞。但在现实中，人们只是默默地冷眼旁观。雷特罗擦掉嘴角的血迹，看着掉在眼镜光头旁边的手枪，问：“这条棍子可以杀死我吗？”

“是的。”

“那么它也能够杀死你了？”

“嗯，没错……”我确认。

雷特罗看向我，看了很久。然后他说：“你是一位勇敢的同伴，娜莉·奥斯瓦尔德！”

我已经很久很久都不曾像此时此刻这样为自己感到骄傲了。

## 18

地铁停靠在“勃兰登堡城门”这一站，我们的目的地到了。一般情况下，我们本来应该等待警察来了再走（肯定有某个乘客用手机报了警），但雷特罗现在还没有任何有效证件，所以我们匆匆地和那位一直在表达感激之情的妇女以及小男孩告别。雷特罗对还在发抖的小家伙说：“你非常勇敢，你一定会成为一个大英雄的，人们会为你唱起赞歌。”

小男孩停止了颤抖，似乎突然之间就长高了五厘米。旁人几乎深信不疑，因为有了雷特罗这样的榜样，小男孩以后真的会成为一名英雄。他也许会成为一个让世界上曾彼此仇恨的民众握手言和的人，再不济，他至少会在地铁上帮助那些遭受辱骂欺凌的人。

雷特罗和我下了车，沿着楼梯爬到了出口，然后一脚踏进了夏日游客的人山人海之中。雷特罗新奇地四处打量着。汽车、旅游大巴以及大批的人都已经不再让他感到惊讶了，他逐渐适应了新的环境。

“那位能帮助我们的人下榻的客栈离得还远吗？”他问。

“不远了。”

“在我们和这个人谈过之后，我就能够返回阿曼坡了吗？”

雷特罗是存在的，他的记忆也是，还有他那可怕的伤疤。所以，阿曼坡也一定是存在的，是这样没错吧？一定就是这样的！那本小册子兴许是一种魔法大门，通过它，人们可以从幻想王国进入我们的世界。

但如果这个理论站得住脚的话，那么问题又来了，我画出阿曼坡王子的这件事是纯属巧合呢，还是魔法书册引导了我的画笔？如果是第二种原因，那么目的又何在呢？而最重要的是，雷特罗可以返回他的国度吗？还是说，这扇大门其实是一条单行道？

“你的火狼，”我赶紧说，“不会孤独太久的。”

“你是第一个关心火狼幸福的人。”雷特罗惊讶地发现。这时的我们正走向阿德龙大酒店。

“哦，是吗？”

“也是第一个想要安慰我的女人……”他补充道，毫不掩饰他的触动。

“我这么做，让你觉得糟糕吗？”我想要知道。

雷特罗思索了片刻，然后摇了摇头。

“会不会甚至还觉得挺好的？”我追问。

他继续思索，这一次花的时间要长一点。接着，他微微一笑（他的微笑真是好看得要命），回答说：“也可以这样说，这种感觉很不寻常。”

不寻常得似乎让他很满意。

而他很满意的这一点也让我很满意。

“你应该陪我回阿曼坡。”雷特罗声明。

这让我很意外：“陪你回去？”

“你救了我的命，所以，为表敬意，我要为你举办一个庆典。”

我浑身上下顿时散发出幸福的荷尔蒙。在宫廷中为我举办一个庆典活动？想想都觉得美滋滋啊！现在的我甚至突然开始期待阿曼坡真的存在了。

“而我们的宫廷总管罗尔文熟悉很多良药，可以解决长胡子的问题……”

幸福的荷尔蒙瞬间消失得一干二净。

“我只再说一次，我没有长胡子。”

“你不必为此羞愧嘛，很多老处女都会长胡子的。”

“我不老。”

“那你芳龄几何呢？”

“二十九岁。”

“我都说了嘛，挺老的啊。”

“而且我也不是处女了。”

“你不是啊？”他问，对我而言，他的惊讶有点过度了。

“不是！”

“这再次证明了我的奶娘经常说的一句话：每一个锅都能找到搭配自己的盖子。”

我唯有叹息。我面前站着一位真正的王子，而他却把我看作一名老处女。

“你为什么叹这么长一口气，娜莉·奥斯瓦尔德？”

“你知道吗，”我决定把自己的失望诉诸语言，“我所期待的王子，要稍微更有风度一点，并且也不会把我比作一个锅。”

“我挺有风度的。”

“这一点我可完全没看出来。”

“对待美丽而高贵的女性，我就很有风度，我甚至会为她们唱歌。”

“唱歌？唱什么歌？”

“唱这种歌。”说着，雷特罗就站在巴黎广场上勃兰登堡城门的阴影中开口唱了起来：

当她步入我的人生，
我要赞颂这一分一秒。

她左右了我的生命和情感，
用一举一动激荡我的心潮。
那是她妩媚微笑时鲜红的嘴唇，
还有她的善良和美貌。

游客们在我们身边围成一圈，兴致勃勃地倾听着。雷特罗真的唱得很不错，我完全被迷住了。这样的歌也应该有人对我唱一次才好。

你对我的爱分毫不少。

这个人也可以就是雷特罗本人。

那么请为我生下七个爱的结晶……

那还是算了。

## 19

在雷特罗唱完了之后，游客们都兴奋地想要给他塞钱，可王子拒绝道:“金钱与财富都不是我所求。”

这种话只有那些不必考虑下个月的房租该拿什么来交的人才说得出口。

我思考了片刻，正琢磨着是否应该把那些硬币啊、纸币啊统统都收过来时，顿时被分散了注意力。一名长相非常可爱，双十年华的女孩儿正在对雷特罗眨巴着她长长的睫毛。她有一张甜美的心形脸蛋儿，身材娇小，一头卷卷的金色长发。她的小巧微翘的鼻子上戴着一枚鼻环，下穿一条破破烂烂的牛仔裤，上身是一件写着“合不合法都无所谓”，并印有各大达克斯经理人头像的T恤。总而言之，她看上去就是一个柏林版的迪士尼公主。

“你唱得可真好，”她向雷特罗搭讪，“我们的乐队还需要一个有你这种嗓子的歌手。”

“乐队？你说的是一种马帮队伍吧？”王子问。

“也可以这样说吧。”甜美的小公主笑得那么甜，光是看看就能让人患上糖尿病。

“一支强盗队伍需要什么歌手啊？”雷特罗想知道，“在抢劫之前又不会先让情歌歌手先来一曲以做宣告。还是说，你想要在抢劫成功之后燃起篝火来唱赞歌？”

“你可真是个怪人呀，”女孩对他笑得很灿烂，“我们乐队任何时候都需要怪人。我叫安娜，我们乐队的名字叫作‘杀死肯尼’。说不定你有兴趣来参加我们的试唱。”她掏出一支粉红色的口红，拉过雷特罗的手臂就开始写她的手机号码。雷特罗惊讶得忘了反应。巨怪、丧尸以及光头党这样的怪物都没能让他措手不及，也许光头党、丧尸、巨怪也拿他没有办法……

但是这样一位甜美的姑娘却让他说不出话来。这让我心里横生出完全不应该有的大量醋意。最让我烦躁的原因并不是那个姑娘或者是雷特罗，而是我在她面前就和在那名无国界女医生面前一样，觉得自己矮了一截。她比我年轻，我已经年岁渐长，比自己小挺多的人都已经成年了呢。她看上去很漂亮，特别是她非常懂得如何把一个女人的可爱当作武器来运用，比任何时候的我都用得更得心应手。我上一次试图以妩媚妖艳的姿态眨巴眼睛的时候，我的德语课老师并没有像我期待的那样给我的口试成绩打出更好的分数，而只是问我眼睛里是不是进了东西。

“什么是手机号码？”雷特罗一边问我，一边着迷地看着甜美公主的背影。他看得很正经，不像大多数男人那样只盯着姑娘形态美妙的屁股。我不禁问自己：为什么亲爱的上帝在塑造我的屁股时花的力气还不到别人的一星半点儿呢？难不成，我之所以长成这样，责任并不在上帝？我莫非也是被别的什么人画出来的？而且那位作画者在手眼协调方面很有问题？我的生活如今疯狂得离谱，所以一切皆有可能，哪怕我自己也只是被别人创造出来的。

“手机号码这东西并不适合你。”我试图打消雷特罗的念头，同时也为自己的嫉妒心感到羞愧。不过倒也没有羞愧到会给他解释什么是手机，以及他怎样可以联系上那个姑娘。如果我在这一刻能够马上擦掉他胳膊上的号码，那么我当天晚上就不会在某家俱乐部里再次见到她了。

我和王子匆匆地走过星巴克、世家咖啡和唐恩都乐甜甜圈店，径直朝勃兰登堡城门走去。看见城门的时候，雷特罗相当惊讶："这座城门看上去和托兰城的那一座很像。那里的城主卡达西安非常厌恶把战犯钉在十字架上。"

"这挺好的啊。"我觉得。

"他更喜欢把人钉在木桩上。"

"唉，这可不太好。"

"然后剥皮。"

如果是在《权力的游戏》中出现这种场面，我总是会按下快进键的。

"用钝刀子。"

"如果你能换个话题，我会很高兴的。"我请求。

"如果你想的话，那我们就说点剥皮以外的事情吧。"

"好极了。"

"卡达西安还会拿眼球做一些很恶心的事情……"

"这个话题转换得可真够极端的啊。"我打断了王子的话。

"抱歉，只不过是……"雷特罗停止了说话，并把目光移向一旁。他在为什么事情而难过。

"只不过什么？"

"没事，没什么。"

"噢，噢，噢，"我抗议，"不带这样说话的。如果真的没事，那就别说'没事'嘛。"

并不是我这种友好但却坚决的口气让他决定开口诉说，只是，他想要并且也不得不倾诉自己的痛苦。"卡达西安曾抓住过我和我的两个兄弟。"

原来他可怕的伤疤是这样来的。

“我逃掉了，但我的兄弟……”他顿住了，他完全不必说下去我也能明白，那两人都被杀害了。

“太可怕了……”

“‘可怕’这种表达太温和了。”雷特罗看向地面，眼中一下子闪烁出泪光。我不知道该说些什么。如果有人能针对这种情况找到合适的语言，那大概他会是神职人员或者心理治疗专家吧，可这里没有这两种人，只有我。于是我抓起了雷特罗的手。

他吃惊地看向我，想要立即抽回自己的手，但我牢牢握住了它。我不想放手，不想让他独自痛苦。最后，他轻声地、几不可闻地说：“有时候，我真想去见我的兄弟们啊。”

这是我所听到过的最悲伤的话。

## 20

我可以握着他的手在那里继续站上几个小时，但一名三十五六岁的女人向我们走了过来。她拥有一张棱角分明、带着一种锐利美感的脸庞，身上穿着一条很有品位的红色短裙和一件更加有品位的红色皮夹克。她递给我们一张宣传单。雷特罗抽开手转向她。在面对我时，他允许自己有片刻的悲哀，但面对一名陌生得不能再陌生的人时，他绝对不愿意流露出伤感的情绪。

“这个，”女人用一种很怡人的低沉嗓音说道，“是一份明天下午去国会大厦前参加变性者游行的邀请。”

好吧，这个女人其实并不是女人。到底是还是不是？这个问题取决于她是否已经进行过变性手术，或者在于她本人是怎么想的。其实，如果一个男人觉得自己是女人的话，那也应该称他为女人吧。我决定，下次电视里再播放性别辩论的时候要好好看一看，而不是马上换台。换台是因为脱口秀里的吵吵闹闹总会让我有把酸奶杯子扔到显示屏上的冲动。

“您拥有一副亚马孙女战士的身材。”雷特罗断定。他显然没有搞明白，为什么那个女人会和他一样高大——我决定还是把她称为女人，即使她目前还不算是，但她绝对是很想成为女人的。我相当肯定，在阿曼坡绝对没有变性女人。太监当然是有的，也许还有变装癖，但雷特罗的国家的医疗水平肯定没有能力进行这一类手术。就算是宫廷总管罗尔文大概也没办法在移除一片脚指甲的同时能不引发一场中等程度的流血事件。我不太确定的是，如果我给雷特罗解释变性这一理念，他会有什么反应。如果他的反应是不能容忍的，那就太遗憾了，因为我现在开始逐渐真正地喜欢上这位王子了。

“谢谢，”女人很受恭维地说着，把宣传单递到雷特罗的手里，“也许你明天有兴趣来我们的游行集会。还有，我叫多洛蕾丝。”

“你拥有一双和王冠森林里的伐木工一样有力的手，多洛蕾丝。”雷特罗惊讶地发现。

这话会让女人觉得不是那么有风度了。

“还有，”雷特罗坚定不移地继续说着，“你散发出一种极高的尊严感。”

这话他可没有对我说过。事实上还从来没人对我说过这样的话。完蛋了，现在的我甚至开始嫉妒面前的这个女人了！

“既然我们谈到了尊严这个话题，”多洛蕾丝微笑着说，“我很期待明天能见到你。”

她带着传单走开了，但我当天晚上就再次见到了她，并且是在见到小公主的同一家俱乐部里，在雷特罗的膝盖上。而他那时很明显喝了过量的威士忌。

我们来到阿德龙酒店的门前。虽然我和雷特罗的穿着并不太好，但身着红色制服、佩着金色肩章的看门人还是向我们点头致意。今时今日，人们不需要衣着高雅就可以进入豪华酒店。这个看门人显然见过太多面色苍白、穿着连帽衫的百万富翁。

来到大堂，风格雅致的奢华感让我喘不上气来。高高的顶棚上满是美妙至极的石膏雕饰，吊灯闪闪发光，而红色的地毯看上去像是从白金汉宫搬过来的一般。在我之前踏上过这块地毯的有乔治·克鲁尼、詹妮弗·劳伦斯，或许还有最近去世的马克·巴顿。巴顿重生成什么了呢？猫？金鱼？他会不会已经被做成了父亲特别喜欢吃的那种熏肉肠？

街上的噪声在这里一点儿也听不到，空气中弥漫着类似玫瑰花的香气——遍布在各个角落的蓝金相间的大花瓶里都插着玫瑰。想要在这样一种氛围中不生出几许《漂亮女人》式的幻想，那可太难了。

我的目光落在了一组沙发上，它的价格绝对足够为柏林再修缮一所学校。一位看上去有点像国际货币基金组织女总裁的老太太正坐在那里，膝盖上有一只丑得让人难以忘怀的吉娃娃狗。她点了一份巧克力蛋糕，蛋糕看上去美味得难以言表，上面还挤了一小锭奶油。啊，我热爱奶油锭子。蛋糕上的奶油锭子对我而言就是妙中之妙啊！

“娜莉·奥斯瓦尔德？”王子说话了，对这样一种环境，他显得镇定自若。也难怪，王子是习惯了在宫殿里进进出出的嘛，“你的嘴巴张着呢，而且还在流口水。”

糟糕，我飞快地用袖子擦了擦嘴，和雷特罗走向前台。那里正有一对老年夫妇在退房，老头属于那种观念保守的家族企业领导人类型，老太太戴着珍珠项链，他们的表情相当尴尬，因为前台接待员在账单中收取了一项视频观看费用。这对老年夫妻盯着地板、面色通红地从我们身边走过去。现在轮到我们了。

“我能为您做些什么？”接待员问道，露出一种通常只能在名人们修饰加工过的照片上才能看到的牙膏广告式的微笑。他穿着一身黑色西装，头发看上去仿佛每一根都经过了意大利理发师的精心打理。这里的雇员显然且必须看上去完美无缺，和房客正相反。原来在这样的大酒店里就是通过这种方式彰显阶级差异的啊。

“我们想找摩尔先生。”我解释道。

“您预约了吗？”

“哦，呃……算不上预约。”我结巴起来，心想，如果我的父母没有从小就反复教育我一辈子都应该讲真话，那情况大概会好一点。换一种教育方式也许可以让我更能游刃有余地应对人生。

“是为了什么事呢？”接待员问，他的牙膏广告式微笑稍稍黯淡了一点。

“这个，我……我……我想自己和他说。”我结巴得更厉害了。

“那么他等的就是您了。”牙膏广告式微笑再度满血复活。

“呃，什么？”我不太明白他是怎么得出这样一个结论的。

“摩尔先生，”他再次灿烂地笑着解释道，“他对我说，会有一位女士来找他，但她不会透露是为了什么目的。同时，这一位女士还一定会说话结巴，而我应该把这位女士带去他的房间。”

也就是说，摩尔事先就预料到我会来，而且我还会说话结巴。那么他也知道偷了那本小册子的人是我。这再次说明，我的猜想是正确的，摩尔知道这本书是怎么一回事。

我突然警醒起来。虽然我并不像蜘蛛侠彼得·帕克那样拥有一遇到危险就能拉响警报的第七感，但我有我的肚子，它正在向我发送明确的信号。而我看过无数的电影，读过大量的小说，还消费了成批的漫画，这足以让我明白，就这样把一个潜在的法器交给陌生人，可并不明智。特别是摩尔这样的人，他有着阴暗的一面，这一点很容易就可以从他的地狱画作里看出来。如果真的可以通过绘画召唤出雷特罗世界里的生物，那么，流氓、丧尸、巨怪、魔鬼军队和一大帮光头熊就会入侵我们的世界，并在联邦总理府的什么人提出“危机应急”一词之前就迅速攻占柏林。

“拿着，”我把小册子塞进雷特罗手里，“请好好保管它。”

“你难不成想独自去见那个男人，娜莉·奥斯瓦尔德？”

“他不会对我做什么的。”我的回答并不是特别让人信服。同时，我大脑里还幻想出摩尔用武力威逼我说出书册藏身之地的画面，或者被枪顶着太阳穴，又或者被刀抵着喉咙的我一定会毫不犹豫地就脱口说出真相。每当我看到美剧《国土安全》中的嘉丽·马蒂森在各种拷打之下毫不动摇的画面时，我就会想，只要随便哪个恐怖分子对我提一句“解剖刀”，就已经足以让我泄露核武器的发射密码了。

“娜莉·奥斯瓦尔德，我不会让你独自进一个陌生人的房间的。”

雷特罗想要保护我，这真可爱。还从来没有男人想要保护过我呢。在我迄今的人生中，我唯一见识过所谓的风度就只有在披萨店里就座时亚斯帕帮我推了推椅子。但对雷特罗而言，风度也包括了为一个女人而战。这就不仅仅只是可爱了，他真真正正地温暖了我的心。很久以来，其实是从儿童时代以来，我就没再有过这种被保护的感觉了。正因为如此，我鼓起了勇气说：“我自己能够做到的。”

每一名坚强的女人背后都有一位坚强的王子。

“那么，”雷特罗庄重地承诺，“我将会像保护自己的眼珠一样看好这本册子的。”

我出发了，但走了几步之后，我又想起了另一个危险。我转过身走向雷特罗说：“但你要向上帝发誓，绝不会往那里头画画。”

“就算你不说我也完全不会产生这个想法。”

“唉。”

“但现在，既然你提起这个话题，我小时候还真的总是喜欢画画呢……”

“但现在你可不能画呀！”我慌张地打断了他，“你发誓！”

雷特罗对我的过激反应很是惊讶，他说：“那就依你所愿吧。我该向哪位神明发誓？”

“什么意思？”

“是向七个太阳天神，还是向七个月亮天神？”

我听着觉得都无所谓，于是回答道：“向七个月亮的那个神吧。”

“这可是黑暗天神中的一位啊，他对每一个誓言都要求献上血祭，我需要一把刀来割破我的血管。”

让雷特罗在阿德龙的大堂里挥刀放血，这肯定不是一个好主意。那不但会让“国际货币基金总裁”没了吃蛋糕的胃口，还会招来酒店的保安人员。

“呃……那还是向七个太阳的那位神仙发誓吧。”

“要发这个誓的话，我需要牲口来做祭品。”雷特罗的目光飘向了那只吉娃娃。我赶紧问：“那有没有哪个神明对你的誓言要求是不那么血腥的？”

“舞蹈之神只需要一支舞蹈。”

这虽然不那么血腥，但也相当惹眼。

“酒神要求发誓者用蜂蜜酒把自己灌醉。”

这肯定是一位在阿曼坡非常受欢迎的神明。

“而赤裸之神要求发誓者脱掉衣服然后拿自己的生殖器……”

“这个我一点儿也不想知道！”

神明们对人类的要求实在太稀奇古怪了。我当年在参加儿童礼拜会时就已经这么觉得了，当时牧师给我们讲述上帝要求亚伯拉罕献祭自己唯一的儿子。五岁的我觉得上帝这么做真是太不好了。那时的我就和现在一样怎么也搞不明白，为什么亚伯拉罕当即从容而去，真的把自己的孩子给献祭了呢？这种父亲到底有多愚蠢哪？他听见了一个声音跟他说话，然后就要杀掉自己的儿子？做出这种事情的人如今都被关进精神病院了！

当年还是小姑娘的我觉得接下来的情节也并没有特别让人欣慰。

上帝在山上对亚伯拉罕说:“愚人节快乐!这一切都不过是场试探,主要考验你是否真的听从于我。”然后就用一头公羊代替亚伯拉罕儿子做了祭品。我也很不理解,为什么那只可怜的动物必须得死?那只公羊又招谁惹谁了啊!在儿童礼拜会结束之际,牧师要求我们向那位要求亚伯拉罕做出那么卑劣的事情、使得亚伯拉罕的妻子惊恐万分的神明祷告,这也让我觉得很不爽。我还不如向米老鼠和唐老鸭做祷告呢,它们可从不会要求我做那样的坏事。

“我还可以,”雷特罗建议道,“向生育女神发誓。”

“那你该不会必须和一个女人滚在一起吧?”我紧张地问。我浮想联翩地描绘了一会儿王子用他强壮的臂膀把我抱进这家酒店的某一个房间去的情形。

“我为什么要和一个女人滚在一起?”雷特罗打断了我的幻想。

“我的意思是,和女人做爱。”我磕磕巴巴地说,越来越紧张了。

“不会,当然不会。”

“也不春风一度啊。”我说漏了嘴。

“什么?”

老天,我可不能承认我刚刚都想象了一些什么内容。原因有多种,那会很尴尬,而且也是不对的,毕竟雷特罗不属于我们这个世界。最重要的是,我不想听到他说,要进行这样一场爱之仪式的话,我对他而言太老了。我必须赶紧想出个好措辞来,于是我仓促地说道:“我说的是小腿肚啊。”

“小腿肚?这又是什么意思?”

“这个嘛,”我吞吞吐吐,“……腿肚子就是腿的一部分,位于膝盖和……”

“我知道什么是腿肚子。我是在问,你为什么要说腿肚子。”

“呃，”我飞快地运转大脑，可惜效果不佳，“这是一首非常著名的德国歌曲的开头一句，歌名叫作‘腿肚子肚子腿’。”

雷特罗打量着我，就如同是在打量一辆汽车。

“歌是这么唱的：腿肚子和肚子腿，两人一起比肚腿，不知道是腿肚子的肚比肚子腿的腿更……”

而现在他看我的眼神，就仿佛在说我脑子里是不是缺了不止一根筋。

“你为什么要给我唱这种东西，娜莉·奥斯瓦尔德？”

问得真好。但答案却挺糟：“呃，在我们的这个世界，人们会在做爱的时候唱起这首歌。”

“你们在做爱的时候唱‘腿肚子和肚子腿，两人一起比腿肚’？”

“是‘两人一起比肚腿’。”我更正道。

“什么？”

“不是‘比腿肚’，是‘比肚腿’。”

“如果你们在情爱游戏中会唱这种东西的话，那你们国度的仪式还真是让人叹为观止。”

“就是嘛！”我尴尬地笑了笑。

“我还以为，”雷特罗解释说，“你提起腿肚子是因为你的腿肚子在抽筋呢。”

对啊，这个借口明显要好得多嘛。

“感谢生育女神，”雷特罗说，“她对誓言所要求的东西并不是情爱仪式。”

“那是什么呢？”我问，既松了一口气，同时也很失望。松了一口气是因为我们不必继续讨论那首歌了，失望是因为我心底的一小部分其实是很乐意和雷特罗滚到豪华酒店的大床上去的，不管这样做是多么不应该。

“女神要求发誓者去恭维一个女人，赞美这个女人的身体有多么性感。”

“那么，开始吧。”我咯咯直笑，怪异得像个十几岁的少女。

“你以为我要恭维你？”雷特罗很惊讶。

“呃，为什么不呢？”

“你还要去那个叫摩尔的男人的房间呢。”

说得没错。真可惜啊，如果有人能对我大肆恭维一番，我可是非常乐意的。

“我去那个女人那里。”雷特罗说，并指向“货币基金女总裁”。

“去恭维她吗？”我大惊。如果我对雷特罗来说都已经太老了的话，那么她就更不用提了！

“成熟的女人可以性感得像一朵绽放的鲜花。”他回答说。偏偏是一位来自中古国度的王子说出了始终被我们这个世界大多数男人视而不见的一个真相。这让我对雷特罗的好感度节节攀升。尽管如此，我还是不能让雷特罗因为搭讪那位“货币基金女总裁”而在大堂里引起不必要的关注——哪怕那位法国女士一定会非常欢喜。这样的话语，她一定不会从那些她必须与之周旋的各国领导人口里听到。同时，一不小心就会让女总裁有被愚弄的感觉。

“你不需要对我发誓了。”我说。

“但誓言能带来信任。”

“不发誓我也信任你。”

“而发誓之后你就会更信任我了。”

“该死的，我再说一遍，你不需要发誓！”

雷特罗为我的激动吃了一惊。“你真的很有暴躁倾向啊。”

我深深吸了口气，打量起这位阿曼坡王子。即便他现在不宣誓，他也可能会在大堂里做出其他荒唐事的。在我去摩尔那里的时候，我必须找个人来看住雷特罗。但自从和亚斯帕分手之后，我就失去了交际圈里 99% 的朋友，这也让我不得不自问：这些人是否真的算是我的朋友……所以我考虑要不要给爸爸妈妈打个电话。但是爸爸在工作，妈妈要在银行站半天的柜台，她虽然现在下班了，但她过来的话就一定会给雷特罗讲一大堆我小时候的事。比如，她总以为别人都会和她一样觉得我长到三岁还一直把“奶嘴”说成“奶奶”的这件事很有趣。思前想后，我只剩下一个选择——我走向前台，借他们的座机给莱尼打电话，但愿他现在已经到书店了，他平时的起床时间大概是下午两点。

打电话把莱尼叫过来真算不上是一个好主意。再糟糕不过了。

## 21

站在总统套房的门前，我能听到自己怦怦的心跳，紧张得不行，因而也就没有工夫去想有多少名人曾经入住过这里，而身为平民百姓的娜莉却只住过波罗的海旁的四星级宾馆，并且还是在非旺季期间用了从网上弄到的折扣券。在我的手指正要按上门旁的金色门铃时，摩尔已经从房间里喊道："进来吧，奥斯瓦尔德，门没锁。"

他难不成听到了我的呼吸声？甚至听到了我的心跳？自从我有了那本魔法画册之后，一切都变得可以想象了，我甚至会相信异能人士的存在，而摩尔正是其中之一，他可能就像"超胆侠"一样有着异于常人的听觉。这样的超能力可是我完全不想要的一种。有了它，我不仅会在突然之间知道人们是怎样在背后议论他人的，而且一切扰人的声响也会听得一清二楚，比如警笛、工地噪声或者是新闻。

我谨慎地迈进了总统套间，同时发现门上有一个猫眼，摩尔大概就是通过它看到我的，也就是说，没有所谓特异听力这一说法。这个套房比我父母家的那套三室一厅的公寓还要大，如果不是摩尔这时已经微笑着迎了上来，我光是看到一万五千欧元一晚的房价——各类设施中还包括了一台霸气十足的镀金咖啡机——就已经会再度把自己代入《漂亮女人》的场景中去了。摩尔也并没有听觉方面的超能力，但他绝对是一位"魅力队长"。

"再次见到你可真好，奥斯瓦尔德。"他微笑着。他这回没有穿那套黑白西装，而是一身全黑。高档牛仔裤、高领毛衣、皮鞋统统都是黑色的。这莫非暗示着他那真正的、黑暗一面的自我？就像达斯·维达、伏地魔或者是僵尸伯爵那样？

“我……我其实叫娜莉。”我纠正了摩尔。

“这真是一个非常迷人的名字。”他恭维着我。

还行吧，我想。我长这么大从来没觉得这个名字有多棒。我八岁的时候想要叫“悠悠”，十一岁的时候想更名为“小精灵帕姆·赞”，到了十四岁时想叫“文身”，而拿到中学毕业证书的那年则想自称为“教师杀手”。

“要不要喝杯咖啡？”摩尔问道，同时指了指那台镀金咖啡机。我摇了摇头。在没有必要的情况下，咖啡这种饮料只会把我弄得更加神经兮兮。因此，我回答说：“水就好了。”

“那么我给你倒杯水。娜莉，请随意。”他指了指那套米色的、带有棕色枕头的座椅，它仿佛在低调地轻诉：光凭我一个就已经值回房价了。我在沙发上坐了下来，身体陷进去的感觉就仿佛皮套完美地迎合了我的屁股。我没有好好去享受这一番豪华舒适的体验，而是问自己：当那些在数年之内上交了一万五千欧元所得税的人得知自己的总统拿着这笔钱去酒店住了一晚，他们会怎么想呢？茶几上摆着的是摩尔画的一大堆勃兰登堡城门的速写。画上的城门比现实中要显得庄严雄伟多了，同时也更具威胁。这个男人不仅善于绘画，对线条的勾勒也精妙绝伦。和他相比，我真的是一个半吊子。

摩尔从一个蓝色水晶瓶里给我倒了一杯水，递过来后并没有像我想的那样坐在我对面，而是坐到了我身边的沙发上。昨天晚上我还觉得能和魅力队长促膝谈心会是一件很棒的事情，但现在，他的靠近显得很有威胁性。摩尔把手放在了我的膝盖上——谁允许他这么做的？！微笑着说：“亲爱的娜莉，我们就不要再绕弯子了……”

“非常乐意。”

“告诉我，你从我这里偷走的那本书在什么地方？”

我试图像电影《不可能的任务》中伊森·韩特那样摆出一张扑克脸，可恶的是，我找不到任何一个适用于眼下这种情形的超级女间谍来做榜样，好莱坞在这个问题上有待加强。我尽量装得酷酷地说：“它很安全。”

我没有预料到的是，事实并非如此。

后来我才知道，此时此刻的雷特罗最终还是在大堂里向生育女神宣了誓，为此，他对“世界货币基金组织总裁”进行了一番恭维。一开始，那位法国熟女对这番谄媚很是受用，但接着，雷特罗说起她美妙的皱纹堪与百年老树的年轮媲美……于是，这位法国女士觉得受到了愚弄，然后喊了一句“我很震怒”之类的法语句子。而听不懂法语的雷特罗试图平息对方的怒火，于是把自己强壮的手放到了女士细瘦的肩膀上，而这个动作激怒了想要保护女主人的吉娃娃，然后，雷特罗费尽全力地和吉娃娃纠缠了相当长的一段时间。

而在总统套间里，听到我这么说时，摩尔停止了微笑，并很肯定地声明：“这本书是我的东西。”

“嗯。”我半是承认半是否认，丝毫没有顶尖间谍那样的自信从容。

“而且我想把它要回来。”摩尔补充道，按着我膝盖的手力道又加重了一点点。他的表情阴沉了下来，我觉得房间里随时都会响起一段大反派们的主旋律，就像达斯·维达出场时的背景音乐：“哒、哒、哒、哒哒哒、哒哒哒，哒、哒、哒、哒哒哒、哒哒哒……”

“您先告诉我，”我鼓起自己全部的勇气，“这本册子是从哪儿来的。”

摩尔没有回答我，而是确定道：“你在里面画东西了。”

“没……没有。”我的谎话说得并不成功。

“如果是昨天，”摩尔微笑着轻轻拍了拍我的膝盖，“坐在这张沙发上的你最渴望的只会有一件事，那就是和我睡觉。”

这人可相当自信啊。

“然后我们可能会连续好几个小时实践密宗性爱。”

那他可就大错特错了。每当我看到密宗图画时，我总在想：这看上去可真不舒服，用这样的姿势我一定会腰酸背痛的。另外，任何需要耐力的肢体活动都是会吓退我的。

“但现在，在我身边的你却觉得紧张了，也可以说是害怕。你隐瞒了某些事情。”

要说到摆扑克脸的话，我还真得好好向伊森·韩特学一学。

“那么，你在书上画了什么东西呢？不可能是金子，不然的话你就变成亿万富翁了，而不会出现在这里。”

我这头蠢猪为什么就没有想到呢？

“像你这样的一个女人一定是画了一只美丽的、色彩缤纷的鸟，然后它突然就从那本上气和尚制造的神秘书册里向你飞了出来。”

摩尔是知道这本书的秘密的，毫无疑问。如果让他继续说下去的话，我就可以搞清楚，是不是真的可以把阿曼坡或者其他国度的生物带到我们的世界；还有，是不是一切画在了书上的东西都能够活过来。

“是一只彩色的鸟儿，对吧？”摩尔继续追问。

我不想告诉他雷特罗的事情……顺便一提，此时此刻，大堂里的雷特罗与吉娃娃的战况并没有出现明显的好转。

“我画的是，”我开始忽悠摩尔，“一棵树，它一下子就长到了我的房间里。”

“现在你该明白上气和尚的魔法有多么强大了吧。”

“但我不知道，这个魔法究竟是怎么运作的。”

“而你想让我告诉你吗，小娜莉？”他现在开始用手挤压我的膝盖了。

“那就太好了。”我说道，尽量不让对方注意到我很痛。

“你想要改变世界吗，小娜莉？”摩尔问，突然之间就抽开了手。

“什么？”我惊诧地问。

“你想要改变这个世界吗？”

“我不太明白。”

“这本书能赋予你这种力量。”

噢……我的……老天呐！我还真没想这么远呢。

“你的脸一下子没了血色。”摩尔发现。虽然我自己看不见（因为我坐的位置没有正对墙上的镶金镜面），但恶心的感觉让我马上就信了他的话。

“当想到世界的命运就在你的手中时，你会觉得口干舌燥。”摩尔补充道。他说得对极了。我的舌头的感觉就像是《金钳蟹贩毒集团》里在沙漠中旅行的阿道克船长。

“当我得知了这本书的力量时，我的反应和你完全一样。昨天晚上有一位老和尚找到了我。我猜，你看到了他？”

我微微点了点头。

“他对我讲述了自己的故事：上气僧人在某个山谷中平静地生活了数百年，直到有军队侵入。庙宇被士兵们摧毁，而僧人中的大部分人都进了监狱，并且再也没有回来。在经受了长年累月的迫害之后，只有十二个僧人活了下来。他们在战事刚开始的时候就躲到了山上，在严寒的山巅艰难地维生。最开始的时候，他们打坐并祈祷世界会变得更美好。而到了某一天，他们失望地背弃了自己的信仰并转向了神秘力量。他们开始举行神秘仪式，并用青苔和驴血酿造魔法饮料。”

如果魔法饮料能用糖果、巧克力和奶油锭子来做的话，那将会很受欢迎。这样一来，大家一定也可以在星巴克里买到它，或者是在某家名为“魔法巴克”的店，又或者是一家流动的汽车商店，那么大家可以把它叫作“魔法巴士”。

老天呐，我刚刚得知在这个世界上的确存在魔法，可我脑子里考虑的却是大企业可以怎样把魔法商业化！这一定是我大脑的一种刻意忽略行为，因为这一认知的真正影响力已经超乎了我的想象。

“借助这样的饮料，”摩尔继续说道，“僧人们可以让意识离开身体，他们让自己的意识漫游在神秘的次元中。但最后，他们碰到了可怕的黑暗之神，他的名字叫达尔魂坦。”

“听上去倒有一点像是‘大混蛋’。”我紧张地咯咯笑了几声。

“这样的话我是不会当着他的面说的。”摩尔回答得非常、非常严肃。

“我也不会。”我不再笑了。

“如果你真的那么做的话，你的灵魂将被他那黑暗的不死之身永远吞没。”

如果这种生物能靠吃蔬菜糊糊为生的话，那对所有相关人员都会更健康安全一点。

“他的名字就写在书上。”

难怪小餐馆里的那个西藏人一看到这些字就跑掉了。

“但如果你不做僧人们那样的漫游，你是不会碰到达尔魂坦的。”

这很让人安心。

“黑暗之神被生命之光永远地驱逐出了我们的世界。当僧人们的意识到达黑暗之神那里的时候，黑暗之神向僧人们承诺要改变我们的世界。所需代价，他将来再告诉他们。”

“他们同意了吗？”我不太相信他们会同意。任何看过一两部恐怖电影的人都知道，和邪恶的超自然生物做交易实在不是什么好主意。可话说回来，僧侣们在山洞里一定也没办法上视频网站观看在线电影，而亚马逊的包裹也一定不会往他们那里寄。因此，他们一定没有受到过恐怖电影的熏陶。

“僧侣们按照达尔魂坦的指示，在他们的山洞里制作了这本书。当他们制作完成后，就进行了一项神秘的仪式，他们中的十一人把灵魂献祭给了黑暗之神。”

“就是这个代价啊。”我断定。

“这就是代价。最终，第十二位僧人得到了这本拥有改变世界的魔力之书。”

“是通过把生物从阿曼坡拉进我们的世界来做出改变吗？”我问，我的腿颤抖得一塌糊涂，两个膝盖撞成了一团，现在我终于可以搞清楚，雷特罗是从哪里来的了。

“该死的，什么是阿曼坡？”摩尔困惑地而问。

这个反问句让我明白：阿曼坡是并不存在的。书册的魔力就是：一切画到书里的东西都会活过来。比如，王子——在此期间，他已经解决了小狗的问题……

## 22

“你一定想知道，我会怎样去改变世界，小娜莉。”摩尔断定，而我徒劳地想要从“雷特罗是我创造出来”的这个想法中缓过神来。摩尔对我微笑着，没有丝毫表现出邪恶感，而是显得魅力十足、让人心动。

“这一点嘛，”我打起精神，尽可能勇敢地回答道，“和我决定是否把书还给您还是有点儿关系的。”

我思索了片刻：人到底应不应该去改变世界，即使是要往好的方面改？人可不可以拥有建造人间天堂的权利，从而改变所有人的生活？而如果有像摩尔这样的人利用自己的天赋来让世界变得更好，这难道不是一大幸事吗？这个地球上有太多的破事了，战争、饥饿、佩格达排外分子的游行闹事等，而现在突然间有机会把人类从所有这些恶劣境况中拯救出来！但愿摩尔会这样做！

“我是一名艺术家。”摩尔回答道。

“然后呢？”

“我并不关心道德。”

哒、哒、哒、哒哒哒、哒哒哒，哒、哒、哒、哒哒哒、哒哒哒……

我花了一点时间才重新找回了言语：“我……我却很关心啊……我是绝对不会把书给你的！”

“那么我现在只好使用暴力了。”

我惊慌失措地从沙发上一跃而起，大叫：“您胆敢碰我一下！”

“碰了又怎么样？”摩尔坏坏地笑。

问得太好了。

“那……那我就要……”我仓皇地四处打量。

“那你就要……”

“等等，我马上就会想出来的……”

“我可以等的。”摩尔微笑着。

“那我就要，”我从桌上抄起一个银色的糖罐子，“把这东西砸您头上去。”

“哈，”他大笑，坐在沙发上一动不动，“遭受到这么恐怖的威胁，我自然是不敢动你的。”

“很好。”我说，但却并没有松一口气。我始终觉得，他的话里有陷阱。

“我有其他助手会处理这一类的事情。”

我好痛恨自己又猜对了一次。

“奥尔夫！多尔夫！”摩尔唤道，“过来一下！”

从一扇侧门里走出两名身穿黑色西装的金发壮汉。这两人刚才难不成是一起上厕所去了吗？不对，多半是待在套房的其他房间里。这两个巨人般的家伙都戴着墨镜，一头长发在脑后绑成了辫子，那身板看上去活像平日里只把合成代谢醇和血红细胞生成素当主食似的。

“奥尔夫和多尔夫是我的保镖，”摩尔微笑着说，“他们曾经是瑞典的混合武术冠军。”

我多么希望他们只是跳棋冠军啊。

“在他们成立自己的保镖公司之前，曾经在无数流氓国家里做过雇佣兵。”

有一个问题闯入了我的脑海：两个瑞典巨人要想在索马里或者南部也门不引人注目地采取行动，会不会太艰难了点？但我马上就意识到，我最好还是别对他们俩提这个疑问。

两大巨人挺立在我的面前，而奥尔夫——也有可能是多尔夫——用瑞典口音说道："我们要打断你的腿。"

而我暗想：那太糟糕了。

奥尔夫和多尔夫正慢慢向我走过来，而我在思索，那些著名故事里的女英雄们如果是现在的我，她们会做出什么样的反应呢？糟糕的是，我身边并没有那种神力女超人手里的魔法套索，没有《饥饿游戏》里凯妮丝·艾弗丁那样的弓箭，也不像赫敏·格兰杰那样脑子里随时装着咒语。《绿野仙踪》里多萝西的手中至少还有一桶水呢，我却什么也没有。不过水也不太能协助我对抗瑞典混合武术冠军。（还是小孩子的时候，我总是问爸爸妈妈：如果一桶水就能把坏巫婆消灭掉的话，那她平时都是怎么洗漱的呢？如果她从来都不洗漱，为什么她的臭气没有立即把多萝西熏倒呢？而我的父母对此的回答就像对我提出的其他很多问题一样：不做任何回答。）

我慌了神地看向房门。通向房门的路还没有被这两个瑞典人截断，因为他们是从房间的另一侧过来的。摩尔完全没有半点要动的意思，他只是坐在沙发上奸笑着，就像是《007》电影中自信心爆棚的坏蛋。通常情况下，这条路对我来说还是畅通无阻的。但可以肯定的是，那两个训练有素的家伙一定会在我跑出套房之前就追上我。所以，我必须把他们的注意力引开几秒钟。因为我既没法射箭，也不能念咒，抑或扔水桶，那么我必须要培养出完全属于自己的超能力。我现在特别想成为这位超能力女英雄。

遗憾的是，我没法隐身。但我可以做一些别的事情！因为在对抗光头党时，我曾经成功地混淆了对手的注意力，所以我决定再当一次"混淆女超人"。

我径直走向这两个瑞典人，问他们："当一个瑞典人给另一个瑞典人介绍一座教堂的神坛时，他会怎么说呢？"

奥尔夫和多尔夫瞠目结舌地愣住了。

"好正点啊！"

文字游戏让他们的眼睛痛苦得眯了起来，而这一瞬间就是我开溜的最佳时刻。

"抓住她，你们这些白痴！"摩尔首先做出反应。巨人们睁开双眼，把文字游戏带来的头痛甩到一旁，开始追捕。我按下门把手，冲出套房，沿着走廊跑向尽头的电梯。同时我还发现：恐惧虽然并不能赋予我翅膀，但让我的腿脚明显快了。我的运气不错，电梯正好停在这一楼。我跑了进去，按下通往大堂的按钮！当电梯门以慢镜头的速度缓缓关上时，两个瑞典人正扑往我的方向。我抬头看向那用镀金面板镶嵌而成的电梯顶棚，祈求道："求求你，亲爱的上帝，你一定也没兴趣看到那两个家伙就像掰碎脆皮面包片那样打断我的腿吧。当然，我知道，要让你来帮助我这样一个人是有点荒唐和自私，因为对其他各个大洲的那么多人你也从来都没有伸过援手，哪怕他们遭受地震、洪水，抑或是战争的苦难；但不管怎么说，我请求你……"

在这一时刻，电梯的门终于关上了。上帝大概厌烦了我的纠缠不休。奥尔夫……也可能是多尔夫……还一头撞在了门上，大吼了几声，听上去好像是"该死"什么的。

电梯"唰"地动了起来，我靠在墙上，只希望自己能比两个走楼梯的瑞典人更快到达大堂。在咿咿呀呀的电梯音乐声中，我试图整理了一下头绪：摩尔是一个变态，他想利用那本册子给世界带来灾祸。册子绝对不可以落到他的手里！在必要的时候，我必须用生命来保护它，和雷特罗一起。

雷特罗。

他全部的记忆都不是真的。他那被拷打并被杀害的兄弟姐妹并不存在，他心爱的火狼也是如此。而他的神明们就更不用说了。我是他的创造者，我想没有哪个造物者能够比我更没有神圣色彩和更不完美了。如果得知真相，雷特罗会有什么反应呢？我到底该不该告诉他？有谁又愿意听到创造自己的人是一个大混蛋呢？这就好比有人告诉我：柏林也好，我的父母亲也罢，我所经历的一切都从来没有存在过。话说回来，如果我的恋爱史也同样没存在过，那倒是可以带来些许安慰。

此刻的我决定：如果我能顺利从酒店脱身，我将编造一些关于这本书的鬼话来应付雷特罗。虽然我刚从大量的喜剧电影里学到，任何谎言都是会在某个时刻露馅的——自然总是在最不恰当的时候——因而也可能永远地摧毁人与人的关系。但在这个世界上还有比真相更重要的事情！其中最重要的一件是：我该拿这本册子怎么办？我可以把它交给谁？哪些人能够认真负责地去对待这样一种强大的力量？教皇？安格拉·默尔克？乔治·克鲁尼？对所有这些人的答案是：不太可能。我必须自己先保管这本册子一段时间，直到我想明白谁才能真正让这个世界变得更美好。或者，我应该自己尝试着去改变世界？我能行吗，娜莉·奥斯瓦尔德？

当这些念头在我脑子里飞来飞去时，大堂里正在上演这样一幕："世界货币基金总裁"瞪着被装在玻璃罐子里的吉娃娃,感觉"无感"。她并没有报警，也无须这么做，因为那位把牙齿洗得雪白的前台服务员早就报过了。三辆警车随即呼啸而至——如果在场的有哪位是来自不受重视的城区，那他一定会对警察赶到豪华酒店的速度大大快过前往普通住宅区而惊讶不已。带队的警长四十五六岁，啤酒肚颇为壮观，他请雷特罗跟他走一趟。雷特罗声明：作为王子，他不会听从一个“平民”的命令。接着，警察也声明：作为一个“平民”，他时常会踹一踹被惯坏了的小公主们的屁股，如果他们不按他的要求做的话……雷特罗纠正说，他可不是小公主，而是一名王子，确切地来说是雷特罗·冯·阿曼坡，是高文·冯·阿曼坡之子、恐怖王巴多维尔之孙……但在他还没来得及说出自己是蓝鸟王布伦斯维克之曾孙时，胖胖的警长就绕到他身后一脚踢上了他的屁股。

于是引发了一场武力纠纷。雷特罗一连打倒了多名警员，直到啤酒肚警长掏出了手枪。因为雷特罗的学习能力很强，已经在和光头党的交锋中了解到手枪这玩意儿有什么作用，于是他举手投降，乖乖被带走。胖警长和一个瘦一点的警员留在大堂记录目击者的证词。当他们正做着这些的时候，莱尼走了进来。他四处打量着我在哪儿，没找到我，但却看见了掉在地上的小册子。他认出了是我的东西，于是赶紧捡起册子溜掉了。因为有警察在的地方，他总是觉得很不自在。

就这样，小册子落到了莱尼手里。就像我说过的那样，向莱尼求助并不是一个太好的主意。

## 23

五秒钟之后，电梯门“叮”的一声打开了。我发现，大堂里怎么也找不到雷特罗的踪迹，而莱尼也不见人影。但那两个瑞典人一定马上就要下来了。慌乱中的我四处观察，刚好透过旋转门看见雷特罗被警察拽进了一辆警车，其他的两辆车已经先行出发。我冲出电梯门，心里明白警察一定不会相信像摩尔那样的著名人士会对我不利，而且是因为一本魔法册子。如果我对他们实话实说，他们一定会觉得我疯了，进而不予理睬，那么，瑞典人就能轻松搞定我了。我别无选择——我必须让自己也被捕！

我穿过旋转门冲向警察，指着警车里的雷特罗，上气不接下气地说：“我是他的同伙！”

“也就是说，是你帮他把‘世界货币基金女总裁’的狗塞进玻璃罐子里去的？”胖警长问。

“呃……没错……”我很惊讶，在我离开的这段时间居然发生了这么多事情。

“那么你被捕了！”

这真是我从警察口中所听到过的最美妙的话语啊！

两名警察抓住我，在瘦警察把门打开而胖警长正把我按进车里的同时，瑞典人踏出了转门，我听见其中一人在咒骂：“该死！”

我滑坐到雷特罗身旁的椅子上，椅子的皮套已经有了无数裂缝和斑点，千万不要去细想它们是怎么来的。隔在我们和前座之间的网栅上已经有好些地方被修补过——实在不能指责柏林内政部白白地把钱投资在了警卫装备上。

“你还好吗，娜莉·奥斯瓦尔德？”雷特罗担心地问。他想知道的第一件事并不是我有没有找到让他返回阿曼坡的方法，这让我感受到，我的安好对他而言比自己的命运更重要。

我侧过头往后看向站在阿德龙酒店旋转门前的瑞典人，他们没有要追上来的意思——正如我希望的那样，警察吓住了他们。

“挺好的……我挺好。”

只有车发动起来，离开巴黎广场，离开阿德龙，特别是离开摩尔和他那混合武术冠军们之后，我才真的会感觉好一点儿。

“这些人是国王的卫兵吗？”雷特罗问，指了指我们前面的警察。胖子握着方向盘，而瘦子在玩手机游戏，游戏任务是要用彗星攻击可爱的恐龙。

“在我们德国根本就没有国王。”我给雷特罗解释着。

“那你们的统治者又是谁呢？”

这该怎么回答呢？我们虽然有一位女总理，但她却没办法像她希望的那样来统治国家。基本法里虽然写着“一切国家权力均以人民为出发点”，但在日常生活中的感受往往并非如此。我真没兴趣给雷特罗解释资本主义的政治体制，一方面是因为我自己都没能理解；而另一方面，我感觉没有哪个政治家能真正掌控自己的业务。再说，即使我成功地给雷特罗解释清楚什么是现代资本主义，也只会让他最终认定我们的世界是多么疯癫和荒唐。而我们的世界也的确如此。

不，比起德国的权利分布来，我们还有更紧迫的问题。比如：魔法将颠覆我们的世界。因此，在汽车呼啸着开往警局时，我问：“你带着那本册子吧？”

“对不起，娜莉·奥斯瓦尔德。我把那本书弄丢了，当时我不得不和一只怪兽作战。”

“怪兽？”

“我倒宁愿它是一只特罗格，或者是一只食莫格，又或者是一棵阴险狡猾的竖琴树……可它不过是一只毛发特别浓密的老鼠而已。”

“什么老鼠？”

“就是那位老夫人的那一只。”

“那不是一只老鼠，那是一条狗。”

“那个生物是一条狗？它被施过魔法吗？”

“不是，它是被训练成这个样子的。”

“为什么有人会做这种事啊？”

问得好！那么现在换下一个问题。更重要的问题是：“雷特罗，你知不知道，那本书现在可能会在哪里？”

“当我被送进这辆马车的时候，我看见一个男人拿着它离开了客栈。”

“他长什么样子？”

“矮矮瘦瘦的。”

那么就不是摩尔了。

“他还戴着一个稀奇古怪的头巾。”

那一定是莱尼。我先是“呼”地吐了口气，接着就“唉”地叹了口气。如果莱尼翻开这个本子并画出他心里的白雪公主的话，那么坏坏儿就将在柏林横行肆虐了。我必须赶在莱尼产生这个念头之前从他手里把画册夺回来。

警车的速度慢了下来，弗里德里希大街派出所已然映入眼帘，我压低声音对雷特罗说：“等车停下来的时候，我们赶紧开溜。”

“同意，什么都比被关进地牢要好。我曾经被关在格莱芬菲尔茨堡那阴暗的拱顶地窖中，不得不以蛆虫为食。当我终于能逃出去后，又在永恒地狱的沼泽中游荡了数日。”

不，你并没有经历过这些！我差点就这么回答了。他的一切记忆都是假的。雷特罗迟早会知道这一点。

如果由我来决定的话，那就让他晚一些时候再知道真相吧。尽可能地晚……

“你已经找到让我返回阿曼坡的办法了吗？”

我打算对他隐瞒他的国度并不存在这一事实，虽然我知道，这个谎言终有一天会在灾难中终结。但当雷特罗充满希冀地看着我的眼睛时，我明白了，他永远都不会骗我。所以，我也不应该欺骗他。这是我欠他的。即使他只是一个由我创造出来的人，但他的正直、勇敢和高贵都值得钦佩。我也想要成为这样的人，但我的心让我无法忍受他眼中的期望落空。

于是我决定既不撒谎也不说出实情，而是很怯懦地回答：“这个我之后再告诉你，我们先逃掉再说。”

## 24

逃跑行动一开始的境况正如我们所希望的那样：瘦警察打开了门，雷特罗趁下车的时候把他扑倒在地，然后我们拔腿就跑，那两位作为人民的好朋友和好帮手的警察在后面猛追。追的过程中，两人在跑了几米之后就开始气喘吁吁——正如缺乏锻炼的中年人那样。我们很快就把他们甩在了后面，而我兴许在进了弗里德里希大街的地铁站后还能有时间稍微喘口气。但是，有一件事情是我本该预计到的，但却偏偏一直没有想过：柏林的警察可不止那两位。

在地铁站里有两名警察在巡逻，他们更年轻、更高大，也更加训练有素。通过对讲机，他们刚刚得知了情况，并且在刚发现我们的那一刻就立即展开追捕。我们跑向电梯，雷特罗迟疑了，因为他不明白这东西该怎么用。我上气不接下气地对他说："我们得……上……上……上去。"

我抓住他的手，拉着他沿着他眼中的"魔法楼梯"往上走。而信息板上已经公布了一个不愉快的消息：下一趟车要在两分钟之后才进站。时间太长了，我已经看见那两个警察跟在我们后面上了电梯。

我跑得喘不过气来，肺部灼烧得就像着了火，仿佛马上要炸裂了似的，但我必须赶到莱尼那里取回画册。于是我们继续在站台上跑，一直跑到尽头。到了这里就只剩下两个选择：要么，乖乖跟那两个警察走，把世界的命运交给一塌糊涂的莱尼；要么，跳到铁轨上去。

"我们必须到那下边去。"我喘着气说。

雷特罗显然充分信任我，他当即就跳了下去。在他已经跃在空中的这个零点零几秒的时间里，我突然想起来：动作片里的英雄们在纽约地铁隧道穿梭奔跑时，总是会相互提醒要当心带电的铁轨。如果有小鸟落在这些轨道上，它就会立马变成肯德基炸鸡……

现在出言提醒已经太迟了。雷特罗直接落在了铁轨上，然后……没有被炸焦。他优雅地在轨道上前行，犹如一名舞者。难道说，柏林的轨道和纽约的铁轨不一样吗？就好比真实的生活也和电影不相同？

有的时候，现实也会比幻想要好一点。

“你还等什么，娜莉·奥斯瓦尔德？”雷特罗问，并向我伸出了手臂。我跳了下去，他接住了我，就仿佛我是一片羽毛。他强壮的臂膀带给人一种被守护的感觉，此时此刻的我真想在他宽厚的怀里再多休息一会儿啊。

“站住！警察！”两名警察一边喊一边跑过来。

“我们得继续往前。”雷特罗说得对极了。我依依不舍地离开了他的怀抱。我们俩越过铁轨逃跑，大概跑了数百米之后，我四处打量了一圈，警察没跟上来，他们还在站台上，并且在喊着什么。但是铁轨上方街道上传来的汽车噪声让我听不明白他们在喊什么。

“他们……他们……想要，”我喘着粗气，“要我们投降……”

“恐怕，他们是想要跟我们说别的事情。”雷特罗持有异议。

“那……又是……什么事？”

“告诉我们得当心。”

“当心什么？”

“大概是这个。”他一边说一边指向前方。我顺着他手指的方向看去，发现一辆地铁正拐过街角向我们轰鸣而来！

“真是糟了大糕啊！”我大喊。

“你们这里的糟糕还有大小之分的？”雷特罗很惊诧。

“没有啊！”我慌乱地大喊。

“这很让人宽心。”

我慌张地四处乱看，已经来不及跑回站台了。虽然我不知道地铁的刹车路程有多长，但我很怀疑司机能做到及时停车。遗憾的是，那两名警察也没有要救我们的意思。在这种情况下，警察既不是人民的朋友，也不是帮手。慌乱中的我试图找出一条生路，我只想到了一个点子：“我们得紧贴地面躺平！”

在好莱坞大片中，这样的行为每次都行得通。主角们把自己的身体紧紧地贴在地面上，火车从他们上方咔嚓咔嚓开过去，然后“嗖”地一下，追赶他们的人就被甩掉了。但正如我已经证实过的那样，眼下的一切都不是电影。谁又知道柏林的地铁是怎样一个构造呢？当然，交通部门的工程师肯定清楚地知道，但遗憾的是，他们此刻全都不在现场啊。所以，趴下的我们很有可能会被火车往前拖拽。然而，我只看到了这一个机会。

地铁离我们大概还有三十米，我刚想要趴下，然后准备在祈祷中度过接下来的几秒钟时间，雷特罗问：“我们为什么不直接跳到旁边去？”

我看了看我们身旁的相邻铁轨，它的确是空空荡荡的。

“这样也成啊。”我表示赞同。

地铁只有二十米远了。我想要动起来，但两条腿软得跟布丁似的。

“娜莉·奥斯瓦尔德，快！”雷特罗大喊，他不愿意比我先跳开。

十米。

我看清楚了地铁司机那张震惊的脸，在这一刻，他一定在问自己为什么不早点转做柜台业务啊。

五米。

我盯着越来越近的地铁。

三米。

司机闭上了眼睛。

两米。

雷特罗用他强壮的臂膀抱起了我……

一米。

他带着我跳到了一旁。真是伟大的一跳啊。还没等我们落地，地铁就已经呼呼地从我们身旁开过去了。地铁行驶所带来的气流又额外地推了我们一把。雷特罗在空中转过身来，让自己首先落在了轨道上。王子在重重一撞后只轻轻呻吟了一声，而我却尖叫起来，更主要的是因为恐惧而不是疼痛。然后，我全身的胺多酚洋溢而出。我兴奋无比地伏在雷特罗的胸口。我再次死里逃生了，我快乐地喘啊喘。我们的嘴唇只隔着五厘米的距离。然后我做了一件我永远永远都没有想到的事——我吻了雷特罗。

## 25

我把自己的嘴按在他那粗糙、皲裂的嘴唇上，在最开始的惊讶过后，他回吻了我。他吻起来就像一位王子，真正的白马王子！

这是我一生中最美好的吻。

就在柏林地铁的轨道上。

接吻时，我什么都没有想，我只是在感受。直到我们分开之后，我才问自己：这是否也是雷特罗一生中最美的吻呢？严格来说应该是这样，没错，因为他的存在只有几个钟头而已。我小心地张开双眼，看向雷特罗的脸。他似乎被自己吓了一跳。

我心里期望着他能有比这更开心一点的表情。

“你……你干了什么，娜莉·奥斯瓦尔德？”

“人们管这叫接吻。”我想给他一点提示。

“我知道这叫什么！”他回答，语气极为暴躁，“你为什么要这么做？”

我自己也不知道。在我的整个人生中还从来没有这么主动过。在和男人们的第一次约会中，总是对方先吻我，而我则是一边接吻一边问自己，是否达到了对方的期望，是否也满足了我对浪漫的期望。这一切引发的后果就是：谁的期望我都没能满足，因为我光顾着观察和思考，而不是简简单单地沉浸到接吻中。

这一次却不同。这让我有点儿疑虑：难道我对王子的感觉要更强烈一点吗？不，这太荒谬了！这不应该啊！事情一定不是这样的！绝对不是！我吻了他，只是因为成功逃生让我大松了一口气。没错，就是这个原因！

“那是胺多酚在作怪。”我说。

“这又是什么东西？”

“我一时冲动嘛。”

“但你不应该冲动的！”雷特罗责骂道，与此同时我继续躺在他身上听他说，“因为你，我背叛了菲萝仙。”

“哪个该死的是菲萝仙？”

“我的未婚妻。”

雷特罗订婚了？确切地说应该是：他以为自己订婚了，和一个什么菲萝仙，这个名字听上去活像来自某部劣质动画片。

“我再也没脸出现在菲萝仙面前了！”

你还出现什么呀！我真想对他这么大吼一句，因为那个蠢婆娘根本就不存在。

蠢婆娘？我居然在脑子里把一个根本就不存在的女人叫作蠢婆娘。我最后一次对不存在的人物有这么激烈的反应还是在七岁那年看迪士尼的《趣味故事第 25 期》的时候，那时我正看到古大鹅对唐老鸭施展出卑鄙手段。

“你引诱了我。”雷特罗控诉道。

“引诱你个屁！”

我从他胸口撑起身子，挣扎着爬了起来。王子也站起了身。我们面对面地站在铁路上，大眼瞪小眼，额头贴额头，一个更比一个愤慨。

“当然有，是你吻了我。”他骂骂咧咧。

“而你可是迫不及待地就回吻了！”我的看法大不相同。

“那是因为你引诱了我。”

“再说一遍，我是一时冲动，一时冲动！”

“但你应该管好自己！”他高高在上地指责我。

“你也没见管好你自己啊。”我反驳道。

“因为你引……”

“喂，现在你倒来说我引诱了你！”

真是荒谬极了。我们站在轨道上，离追捕我们的警察不到两百米远，而他们此刻一定也想知道：在下一趟地铁随时会来的情况下居然还吵得不可开交，这两个家伙是不是脑子进水了？

“但你的确引诱了我。”雷特罗顽固地坚持自己荒谬的观点。这让我一秒更比一秒生气，气得脱口就说：“吵架鸡！”

“什么？”

“吵架鸡——从现在开始，你每这么瞎说一次我就用这个词来骂你一回。”

雷特罗惊诧不已。

“你试试看啊。”我挑衅地说。

雷特罗看上去惊诧得更厉害了。

“说啊！”我要求他。

“你……”他有点迟疑地扬声说道，“引诱……了我。”

“吵架鸡！”

“你真的引……”

“吵架鸡！”我又说了一遍。

“我都不知道吵架鸡到底是什么东西。”

“一直吵架的老母鸡啊！”

“这也还是很让人莫名其妙啊！”

“我没有引诱你，你不能拿这个来作为你自己背叛百合仙公主的理由。”老天，瞧我说的，就好像那个蠢货真的存在似的。

“她叫作菲萝仙！”他纠正道。

“她哪怕是叫拌三鲜我都不关心啊！”

“可她不叫那个名字啊！”

“像个真正的男人那样，”我要求他，“承认自己的所作所为吧。”

“你不也没承认你自己的所作所为嘛！”

雷特罗毫不让步，我也一样。这就没办法说下去了嘛，何况我们根本还没从危险地带里挪出来。

“让我们去别的地方接着谈吧。”我建议道。

“同意，我们去别的地方接着谈谈你引诱我的这个问题。”

“吵架鸡。”

“我们或者应该保持一段时间的沉默。”雷特罗提议。

“真是一个绝妙的主意。”我觉得。

于是我们沉默地跨过轨道走到另一边，在又一辆地铁开近的时候，我们找到了一道金属楼梯可以通往下边的某条僻静小路。下了楼梯之后，我们并没有发现警察，但这还远远不能说我们已经逃过了一劫。警察对我们的追捕已经全面展开了，所以现在回漫画书店肯定是不明智的，因为我们一定会在半路上就被逮捕。我们得想办法藏身才行。说到“藏身”这个字眼，我自然就想起了班迪克斯以及躲在他家浴缸里的那件事，而他正好就住在附近！

一个人居然能在同一天里想出这么多糟糕的主意，这实在是叹为观止。

## 26

走在楼梯间里时，我想起自己昨天才光着脚、半裸体地从这栋房子里逃出来。虽然这一次我穿了衣服，但却觉得更不自在了。又回到班迪克斯这里向他求助，这让我很不自在。另外还有一个情况不能完全忽视——雷特罗长得和他该死地相似。我该怎么解释呀？

当我们站在公寓门前时，我犹豫着要不要按门铃。万一是玛丽莎来开的门，我又该怎么办？光想想这样的场景我就觉得肚子疼。可是，在躲避警察追捕的时候是没有那么多选择的。电影《亡命天涯》里的哈里森·福特一定很熟悉这种不得已。于是，我鼓起所有勇气按下门铃，我听见有脚步声在门廊里响起，是班迪克斯。这一点我非常清楚，因为每次来找他的时候，听见他走近门口，我的心就会跳得越来越快。这一次，他不会再把我抱进怀里亲吻了，这一次，我害怕站在他面前。班迪克斯按下门把手，我屏住了呼吸，门开了。他看见了我，先是很吃惊，接着又一脸灿烂地笑了。没错，他的确在笑，并且说："你来了，真是太好了！"

"你是认真的？"我吃惊了，而我的腿软得就像果冻布丁似的。

"我想给你打电话的，"他解释说，"但我的手机不在身边，然后，我开车去了你家，但你不在那儿……"

他想和我谈谈吗？为什么？他难不成想跟我道歉？听上去好像是这样的，又或者，他想告诉我：他已经把那位无国界女医生送进无边界的大沙漠里去了，因为她昨天的突然袭击？我可以这么想、可以这么希望吗？

在我开口回答之前，他脸上的笑容消失了。班迪克斯指着远远站在楼梯口的雷特罗，结结巴巴地说：“他……他……看上去就像没长胡子的我。”

我从班迪克斯看向雷特罗，又看回来，不禁发现：即使我是照着班迪克斯的模子创造出了雷特罗的脸，但王子要更有性格，也更有男子气概，而这并不仅仅只因为那一把文青胡子。

雷特罗更强壮，更气宇轩昂，更有王族风范，也更加如梦似幻。

真是疯了，昨天的我还觉得班迪克斯是全世界最有魅力的男人，觉得他的笑容总是让我全身发软；而现在，和王子一比，班迪克斯显得那么……那么……现实。

“他……是谁？”班迪克斯困惑地继续结巴。

具体的回答应该是这个样子的：“他是一位白马王子，是我在我们的浴缸事件之后画出来并且变活的。他看上去很像你，因为我把你的脸给了他，去掉了胡子，但却让嘴唇更粗糙，在吻他的时候也比吻你的时候感觉好多了，因为这位王子的吻技实在高超。但和你一样的是，在接吻之后我才发现他有未婚妻……老天呐，我现在才注意到：你们两个不仅仅在外貌上有相似点啊！而且你们都订婚了！我难不成在画画时也无意识地让王子拥有了你的品质吗？”

把这个答案说给班迪克斯听，那当然是不行的，于是我说：“他是雷特罗……是一个难民。”

“那他是从哪个国家来的呢？”班迪克斯努力调整好情绪。

当我在考虑怎样从这种境况中摆脱出来时，雷特罗自始至终都在我身后保持沉默。他仍然因为那个吻而生我的气。意外的是，他似乎完全没有注意到班迪克斯和他长得很像。这到底是因为胡子让他认不出和自己相似的脸呢，还是他根本就不知道自己长什么样，因为阿曼坡没有镜子，只有勉强能看出模糊倒影的水？又或者，那里虽然有镜子，却是那种只会告诉你，和全国其他人民相比你是不是长得最美的魔镜？

不，这些都不对！阿曼坡根本就不存在嘛。雷特罗的年纪还不到一天，所以还从来没有在镜子里观察过自己，因此，他也就注意不到自己和班迪克斯很相像。

“他是从哪里来的？”班迪克斯再次问道。而我因为思维已经开溜到了雷特罗的国家，于是我脱口就回答说：“阿曼坡。”

随便说出一个地方都要比说阿曼坡更聪明啊，叙利亚、卡萨科斯塔、乌克兰，哪怕是普福尔茨海姆呢。“呃……那是在……哪里？”班迪克斯问，我回答的地名超出了他丰富的地理知识范畴，这让他甚感惊讶——他在联合国儿童基金会的工作中可积累了大量的相关知识。

“只存在于王子的脑子里”才是诚实的回答，但诚实的回答通常会引发不太容易对付的其他提问。于是我结巴了：“这个问题问得好……”

“不啊，这就是个普通问题而已。”班迪克斯觉得。

“普通的问题可和这个不一样，”我反驳道，想要转移话题，“比如，几点啦？或者，请问卡尔大商场怎么走？又或者，为什么没有不用鸡蛋做的蛋黄酱？”

“蛋黄酱？”他有点糊涂地问，而我嘴里不停地继续唠叨：“不用鸡蛋的话，蛋黄酱就不会那么快变质，而学校食堂也就不会搞得那么多的孩子肠胃失调了……”

“你在说些什么？”

“这又是一个问得特别好的问题！”

“我只是想知道，你说的阿曼坡在哪里？”班迪克斯说，对我的喋喋不休有点绝望。我听见身后的雷特罗吸了一口气正准备回答，而他回答的风格大概会是“在恐怖沼泽和千风大洋之间”,或者是“在舒尔弗雷之地的黑暗丛林之中”，又或者是“在山后面的七个小矮人那里”，等等。在他插嘴答话之前，我抢着说:“在阿富汗。”

班迪克斯打量着王子。虽然王子看上去更像来自富裕的国度而不是亚洲，虽然王子和自己长得那么相似，但班迪克斯先把自己的怀疑都抛到了一边，因为他助人为乐的天性发挥了作用。“我可以和他沟通的。我会说达里语。”

那他就是我们三人中唯一会说这种语言的人了。

班迪克斯走向雷特罗,说了一句达里语。这句话的意思可能是“衷心欢迎您”，但也可能是在说“我的帽子有三个角”。因为雷特罗一个字也听不懂，于是他说:“我会说你的语言。”

“那可太棒了,”班迪克斯很兴奋，“请进！”

作为联合国儿童基金会员工，班迪克斯大概属于 7.8% 的那一批能自然而然、毫不犹豫就会把完全陌生的难民迎进自己家里来的德国人。

我们走进了非常美丽的老式房屋走廊，这里昨天还被我撒了一地的洗澡水。我看见衣钩上挂着我的背包，并由此猜测，我的衣服大概也被班迪克斯放在某个干净的地方。玛丽莎完全不见人影，这让我松了一口气，但也有点奇怪。

“我想要清空一下膀胱！”雷特罗说道，有一丝丝过于雀跃。而我们这个世界里的男人也很喜欢报告这样的事情，他们会把“我去尿尿”说得就像是想要飞往火星或者要去战胜癌症，又或者是穿越回过去把希特勒干掉。

班迪克斯把王子领到给访客用的卫生间，并且要求说：“小便时请坐下来。”

雷特罗非常不理解地看了他一会儿，然后大笑着拍拍班迪克斯的肩膀：“你太有幽默感了！”

在雷特罗把门关上之后，班迪克斯问：“他不会坐着尿的，对吧？”

“对，他不会。”我予以确认。

从关上的浴室门后传来雷特罗的歌声：“我浇灌着大地，从这里直到安培桑德……”

班迪克斯和我走进厨房。打造厨房的木材是从公平贸易厂商那里购买的，当我们进来后，班迪克斯说：“我想和你谈谈，娜莉，因为我必须得告诉你一些事情。”

“是……什么事？”我小心地问，不知道现在会听到一个坏消息还是一个振奋人心的好消息。

班迪克斯的回答犹如扔出了四个炸弹，第一个是：“玛丽莎和我分开了。”

“哦……”我的回应并不是特别有文采，但还算恰当。

“是我提的分手，不是她。”这是第二个炸弹。

“哦哦。”我很惊诧。

“我和她是不会有未来的。这种两地分居的情形会一直持续下去。但和你的话……”他走近了我，深深盯着我的眼睛，让我的膝盖都软了，“我想要一种固定的关系，一种能维持一辈子的关系，两人中不会有谁经常满世界跑……娜莉，我想要和你在一起。只和你。”

“哦哦哦。”我几不可闻地抽了一口气。

“我……”班迪克斯现在扔出了第四个并且是最强劲的一个炸弹，“……我爱你！”

我就像瘫痪了一样，一个字也说不出来。一方面，这挺好，因为我不知道在连说了三个“哦”之后要不要再连说四个；而另一方面，这也挺糟，糟糕透顶，因为班迪克斯趁我不知所措的时候吻上了我。

他在吻我！

而与此同时，我听见雷特罗在浴室里欢快地高声放歌：“我的瀑布流入了绿色的源泉……”

## 27

班迪克斯吻起来并不像个王子，更不用说是像白马王子了。也就是说，这不是我一生最美的吻。这个吻有点儿太现实了。

现实并不意味着糟糕，正相反，这个吻一点儿也不糟糕。班迪克斯使劲儿地想把他全部的感受融入这个吻里，想告诉我他真的爱着我。如果是昨天的我，还可以在这个吻中融化自己，即便是现在的我心跳也加速了一点儿，但我无法全情投入。如果经历过了人生最美之吻，之后的任何一个吻都很难经得起考验。不管怎么努力，这都不是生命之吻。不会是最好的，顶多只是第二好。而谁又会为亚军开庆功宴呢？他不过是失败者中的第一名而已。

这个吻结束之后，我花了一点时间才敢重新睁开眼睛，当我睁眼之后，班迪克斯小心翼翼地看着我。不，不是小心，应该说是不确信。很显然，我没有那么热情地回吻让他心里紧张了。接下来我们俩一直沉默，直到冲马桶的水声打破静默。

"我明白了，"当沉默已无法忍受的时候，班迪克斯说道，"在我对你不太坦诚之后，你无法信任我了。"

"不太坦诚？"我对这种大事化小的说法很惊讶，并且退开了一步，"你没有对我说过，你已经订婚了！"

"因为我害怕失去你，娜莉。"

"如果你真的爱我，为什么没有在这之前和玛丽莎分手呢？"

"我本来想的……"

"但是呢？"

"她在非洲，这种事情是没人会通过视频通话来做的。"

他是认真的，这甚至让他显得更加有理有节。想当年，卢卡斯就是在秘鲁通过视频通话和我分的手，亚斯帕也只是发了个短信，听说还有的男人是通过修改个人主页上的恋爱状态来通知女友分手一事的。

"但你想要我潜到浴缸里去。"我补充说。

"我慌了神啊。"

可以理解，很没有英雄气概。不过也并非全部。这其中有一点完全不可理解："如果你真的爱我，为什么让我被她赶走？我身上只裹着一条浴巾，穿行了整个城市。"

"我永远都无法原谅自己，"班迪克斯轻声地说，"我也能够理解你永远都不会原谅我……"

班迪克斯看向地板，很绝望。这是我从认识他以来第一次不觉得自己配不上他。我并不属于那一类在恋爱关系中占了上风时会觉得特别痛快的人，我只是想要对方能够像我爱他那样爱我。在爱情中为什么非得有不对等呢？

"我们都有懦弱的时候……"与其说我是想原谅他，不如说是要安慰他，我向他走近了一步。他没有在玛丽莎面前保护我，这带给我的伤口仍然没有愈合，但我无法忍受看到别人情绪这么低落。

班迪克斯抬起头来，以为我已经原谅他了，又把嘴凑了过来准备再吻一次。我本来应该避开的，不然我的世界将变得更复杂。但我却让事情发生了。我太混乱了。班迪克斯刚刚向我表达了爱意，这真美好。让人糊涂，但很美好。他把我的嘴唇压在了他的嘴上，而当我正想回吻时，我听见雷特罗愤怒地说："你又和另一个男人吻上了？"

## 28

在同一天亲吻了两个不同的雄性生物，这种情况自我有生以来仅出现过两次：在我六岁的时候，先后亲了我叔叔养的那两条腊肠犬；还有在十三岁那年玩真心话大冒险游戏时，和我的同班同学尼科、康斯迪也亲过。他们事后都因为我的牙箍而恼火不已，两人都非常后悔没有选择真心话。

现在，我站在厨房里，被一位我刚刚吻过的王子抓到我亲吻前男友。

“你先是吻了我，然后又是他？”雷特罗越来越愤慨。

“你吻了他？”班迪克斯现在也震惊了，显然觉得我对难民的欢迎仪式太夸张。

“呃，”我请求道，“我们能不能先冷静下来？”

“不能。”两人异口同声地回答。雷特罗非常愤怒，而班迪克斯则比较受伤。

“真遗憾呐。”我低声说。

“你到底是一个什么样的女人啊？”雷特罗怒火中烧。

我看向一侧的餐桌上方，墙面镜框里的是梵·高《麦田》的复制品。眼下的情况让我无力应对，同时也觉得有一点羞愧，我真想永远地消失在这幅画里。雷特罗自问自答地说出了一个让我觉得不太会受到恭维的回答：“你就是一个淫荡好色的老女人！”

“她根本就不算太老。”班迪克斯试图伸出援手。

“不算太老？”我重新看向两人。

“呃，抱歉，我当然是说，你根本就不老。”

“多谢啊。”我尖酸地回答。

“而她也不是淫荡好色的女人。”班迪克斯转向雷特罗。虽然我吻了另外一个男人的事让他痛苦，但他还想要捍卫我。

“她当然淫荡好色！”雷特罗反驳。本来我应该能注意到，他之所以反应过激，是因为我的吻并不仅仅给了他，这让他很受伤。但我还没来得及注意这一点时，他就已经补充说：“而且她的确很老，你看看她的胡子。”

“她没长胡子。”班迪克斯现在完全进入保卫模式。

“当然有，她嘴唇上面有一大片胡子。”

班迪克斯仔细地看了看，我可以从他轻微的眨眼中识别出，他的确在我嘴巴上发现了什么东西。同时他也注意到，我看见了他发现了某些东西，于是他赶紧试着掩饰，有点夸张地宣称：“那里一点胡子都没有！”

“没有胡子？”雷特罗回答说，“你是想嘲讽我吗？”

“那顶多只是一点点绒毛。”班迪克斯脱口说出。

“一点什么？”我简直无法相信。

“非常可爱又可亲的小绒毛，”班迪克斯试图补救早已无法补救的事态，“在接吻的时候感觉软乎乎的。”

我愤怒地瞪着他，却仍然没能阻止班迪克斯越描越黑：“我非常喜欢这些小绒毛，千万不要剃掉它们……”

这一表白让雷特罗再次大吃一惊：“你喜欢胡须？难不成你还爱慕男人？”

“你们两个真是混蛋！”我说道，遗憾自己的眼睛射不出激光来。尽管如此，我的眼神已经足够让两人闭嘴。我走出厨房，两个家伙都笨得没敢跟上来。

我站在走廊里，把头靠在墙上思考着，现在要不要像喜剧片里的女主角那样也把自己的脑袋有节奏地往墙上撞。我试了一下，然后断定这相当疼，于是作罢。

我的眼神落在挂在衣钩上的我的书包上，于是再次想起自己面临的问题并不仅仅只有这两个男人，其中一个还是我自己创造出来的……还有那本魔法画册、摩尔、世界的命运！

我必须打电话给莱尼。

我从背包里掏出手机，点击了“莱尼座驾”，铃声刚响过一声，对方就接了。

“这里是莱尼……”他轻声说着。这听上去不妙啊，莱尼不是那种会在接电话时报出自己真名实姓的人。他每次都会用一个不同的名字：公猫卡罗、阿克·考里斯麦克、猪排肉店等。但从来没有，真的从来没有在手机里把自己称作莱尼。

“莱尼，你从酒店里带走了那本册子对不对？”

“是啊，是我……”他回答道，声音有点发抖。

“请你、请你千万要跟我说，你没有在那上面画东西。”

“让我这么说也行。”

“很好。”我轻轻舒了一口气。

“但那就是在撒谎了。”

“你画了什么？”我警惕地问，同时也祈祷着情况不是最糟糕的那一种。他也许不过是画了一支超大号的大麻卷烟或者是迷幻药棒棒糖，哪怕是摇头丸成分的彩色糖手杖也行。

“坏坏儿。”

“坏坏儿？”

“坏坏儿。”

“她是不是……她是不是……”不知怎么，我还抱着一丝希望，但愿她并没有活过来。如果我幸运的话，如果我们大家都幸运的话，该魔法只对摩尔这样特别有创造力的人以及对我这种还算有创造力的人有用，但对莱尼这种类型的人就不行。

“你想问她是不是活了过来？”

“没错……她活了吗？”我轻声地问，而心里已经知道了答案。如果坏坏儿没有变活的话，莱尼就不会这么说了呀，他是永远都不会想到这种可能性的。但众所周知，希望总在最后一刻才会破灭，破灭的时候则痛苦万分。

“活得不能再活了。”

“真是活见鬼了！”

“这话完全不足以形容……”

“坏坏儿在做什么？”我问。

“你是说除了疯狂大笑之外吗？”莱尼痛苦地问。

“没错！”

“她在储藏室里看老漫画书。”

“这听起来还好……”我稍稍松了一口气，这个邪恶的生物看来还没有做什么坏事。

“坏坏儿，”莱尼解释说，“想要从那些超级坏蛋身上吸取一点灵感，看看能在我们的世界里做些什么坏事。”

“这可就完全‘不好’啦。”我吞了吞唾沫。

“她给自己弄了一把剑，好像是店里哪个地方放着这么一把，不知道是从哪里来的……”

我不会告诉莱尼，那是雷特罗的“狼刃”。我必须尽快搞清楚，漫画书店里如今是个什么状况。

“……然后她把我绑在了沙发上，要求我现在用没绑着的那只手画一点东西。她威胁说，如果不画，就砍掉我的手。”

坏坏儿迅速地推测出自己是怎样来到这个世界的。也就是说，她比雷特罗聪明了一大截。要不然，就是莱尼直接告诉了她。总而言之，她用比我快得多的速度了解到魔法画册可以为她带来哪些可能。

“她真的好暴力啊。”莱尼听上去悲痛万分。莱尼是我在这个世界上唯一一位真正的朋友，比我更加不喜欢现实。他时常嗑一两颗药丸，会连续看好几个小时的漫画，并且虚构出一个名叫坏坏儿的完美小反派，小家伙在他的幻想中非常有趣并且带给他无限欢乐。但现在，这位梦幻小姑娘俨然成了噩梦。

“她到底让你画什么？”我问，不太确定自己是不是真的想知道答案。

“她找到了《原子弹队长》漫画系列……”

“然后呢？”此刻我非常肯定自己不想听到答案。

“要我画一个原子弹。”

原子弹！这是一场超级灾难，或者说，如果我们不尽快想办法阻止的话，世界将要面临一场超级灾难了。我的脑袋狂热地转了起来，而我的确很快想出了一个主意：“给她画一枚臭气弹，看上去很像原子弹的那种。”

“这是一个好办法啊。”莱尼觉得。

这的确是一个好办法，真让人惊讶，我竟然能在压力之下找到一个解决问题的好办法！

要是在其他场合，我会为自己感到非常骄傲，因为我挽救了一大批人的性命。但现在的我只不过觉得松了一小口气。正当我准备靠在墙上喘口气时，莱尼叹气说："真可惜我当时没想到这个主意，就给她画了几个装着埃博拉病毒的小瓶子。"

"你画了什么？"

"三个装着埃博拉的瓶子。"莱尼轻声确认，满是负罪感。真无法想象，坏坏儿这样的生物会拿着这些生化武器犯下什么恶行。

"我们马上过来！"

"太好了。但'我们'是谁？"

"你会看到的，坚持住！"

"我也没有别的选择啊。"莱尼悲伤地叹气。他并不害怕，而是深受打击，任何人都会这样的，在他们发现幻想存在于现实中且不是那么美妙的时候。

我走回厨房，准备动身，两个男人正在交谈。

"你的未婚妻叫作菲萝仙？"班迪克斯很诧异，"这对阿富汗女人而言是一个很不常见的名字。"

"阿曼坡并不在你们先前提起的阿富汗国。"

"那它又在哪里？"

"在灰色悬崖和格鲁姆沼泽之间。"

"格鲁姆沼泽？"

"那里住着格鲁姆，是一些小个子的生物，外表看起来像是黄油精灵，但它们却是致命的！"

"你是在跟我开玩笑吧……"班迪克斯认为。

"开玩笑的话我就会说你竟然像女人一样给自己喷香水。"

"这是马克·雅克布出品的'砰'。"

"你说话真让人费解。"

"谢谢，你也是。"

两人看来成不了朋友，哪怕他们长得很相像。

“我真不想打搅你们两位……”我说，“但我必须去拯救世界！”

“拯救世界？”班迪克斯很诧异，“你难不成是想去参加反抗气候变化的游行示威？”

“有点类似，”我回答说，“只不过很不一样。”

“我需要知道更多的信息。”

“我现在没有时间费那个口舌。”

“那么走吧，”雷特罗说，“让我们行动起来吧，娜莉·奥斯瓦尔德！”

虽然他很生我的气，但他仍然盲目地信任着我。还从来没有人这样做过。

而这比任何亲吻都更能打动我。

## 29

我们开着班迪克斯那辆深绿色的、20世纪80年代版的梅赛德斯穿过市区——这车还从来没在警察那儿露过脸。我试图让两个男人对事态有一番了解，同时又不能让雷特罗知道我就是他的创造者，并且也不能让班迪克斯怀疑我脑子不太清楚。于是我只透露给他们说：漫画书店里进了一个带着埃博拉小瓶子的人，我们必须制服这个家伙。

“埃博拉？”两人同时惊呼。班迪克斯大惊之下打歪了方向盘，差点就撞到了一名推着助步车、描着文身的退休妇女。

“你知道埃博拉？”当班迪克斯重新扳回正道之后，我问坐在后座上的雷特罗。

“那是从埃博拉尼腺体上萃取的液体。”

“埃博拉尼腺体？”我问。

“这种腺体就是……”

“……埃博拉尼们身上的？”

“埃博拉尼的复数形式应该是埃博拉尼莫。”雷特罗纠正道。

“啊……这样啊……”

“这种萃取液可以烧坏皮肤。但埃博拉尼莫的腺体都巨大无比。怎么才能把它们装进小瓶子里呢？”

班迪克斯静静地听着我们的对话，瞠目结舌地在我们两人之间看过来看过去，就好像在观看一场网球比赛，并且赛手们击打的不是网球，而是一只小巧可爱的荷兰猪。

"如果……"班迪克斯尝试着找回语言,"如果真的是埃博拉……虽然我并不太相信，正如我并不相信很多东西那样……但如果是，那我们必须通知警察，唉，我在说什么呢，应该是特警队。"

班迪克斯属于那种左派知识分子，他们虽然时常责骂国家权力机关及警察，但在这样的情况下还是会觉得这两者都非常棒，如同特警队解救人质或者是击毙恐怖分子。我一直没来得及向他解释我们正在躲避警察,所以报警并不是一个好办法。我现在必须补充一下。

"报警是不行的，因为雷特罗和我会被抓起来的……"我刚开了个头，立马又住了嘴，因为我不能告诉他原因，这会让他更加混乱。

"因为他不是合法来到这里，而你帮助了他？"班迪克斯虽然推测错误，但我没有予以纠正，"你看，娜莉，埃博拉太危险了。如果店里真的有，我重复一遍，虽然我不相信，但如果你们只是因为不想被捕而不报警，从而危害到他人的生命，那就太自私了。我们去叫警察吧，我可以向你们保证，我会给你们找一位儿童基金会最好的律师……"

"我们，"雷特罗声明，"会料理好那些腺体的！"

他把他强健有力的手放到了班迪克斯的肩膀上。同时，不清楚是有意还是无意，他给人一种感觉：只要他愿意，就能捏碎对方的肩膀。于是班迪克斯什么也不说了，只是吞了吞口水，点了点头。

在去漫画书店的路上，我对班迪克斯想把我们送进监狱的事颇为恼火。他说这对大众会非常危险，这个论点非常正确。但如果他真的爱我，就不会想要把我关到铁栏杆后面去，不管这种做法对全人类而言是不是正确的。难道不是吗？我们又不是在演《星际迷航》第二部，在这部电影里，斯波克倒是说过："大众的利益比小众或者个人的利益更重要。"

班迪克斯把他这辆老梅赛德斯停在了店前，我们走到门口，雷特罗说："开始吧！"

王子像一位统帅似的雄赳赳地矗立着，仿佛在一场对抗丧尸或光头怪的决定性战役中指挥着自己的军队。班迪克斯站在他身边，显得有些犹豫。他大概在这一刻终于明白：这里对他而言也是有生命危险的。然而他并没有打电话报警，也没有离开。如果细究起来的话，班迪克斯甚至比王子更有勇气。因为雷特罗是作为英雄被创造出来的，可以说，在他的身体里就存在着勇敢基因；而班迪克斯却是在知道后果的情况下选择了勇敢。这是不是可以认为他的英雄气概甚至超越了雷特罗呢？

而这样的行为是不是也让我成为一名女英雄了呢？一个我一直想要做的、能拯救世界的那种女英雄？或者说，我也拥有勇敢基因，只不过在我无聊的日常生活中没有机会来表现我的英勇？世界上是不是还有更多的英雄，他们完全不知道自己是英雄呢？

我打开了门，我们一起走进书店。莱尼就坐在皮沙发上，身上绑着一根丛林树藤，这大概也是坏坏儿逼迫他画出来的。他全身上下只有右手是自由的，手里正抓着一支笔，而魔法画册就摆在他的膝盖上。莱尼显得非常沮丧，说不定已经哭过了，不管怎样，他的脸红得像在发高烧，沙发旁边摆着一枚只可能是他画出来的原子弹。

"这是一枚……"班迪克斯结巴了，他的英雄气概在逐渐减退。为了安抚他，我赶紧回答说："这只是一枚臭气弹。"

班迪克斯的脑子已经不堪负荷。处在他的立场，任何人可能都会认为这将是一场报复计划，以回敬他对我干的"好事"。但事实却根本不是那么回事：我又从哪里能找出一个巨型炸弹、一条丛林树藤，以及一个长得像班迪克斯却又不那么像他的男人呢？

"坏坏儿还在储藏室里吗？"我问莱尼。

"还在，她想从《水行侠》里汲取一些灵感，并且要求我画一个能把所有人都炸成鱼头人身的炸弹。"

关于鱼人这件事情，虽然听起来很疯狂，但对我们来说是好事。如果坏坏儿不停地构思新东西，那她也许就会忘记埃博拉瓶子。雷特罗和我把莱尼解开。他一被松绑，就对我窃窃私语："这个大块头的家伙看上去很像你那位文青潮男呐，你难不成也是把他……"

我使了个眼色阻止他继续说下去。莱尼平时并不是一个能对细腻的暗示有所反应的人，说实话，哪怕是粗暴的暗示他也不会有反应，但这一次他却点了点头。这时我看见他的眼睛红红的，他真的哭过了，我真为他难过。莱尼注意到了我的眼神，解释说："如果这一次能活下来，我将改变我的人生。"

"怎么个改法？"

"我将彻底终止在幻想中生活。"

莱尼因为坏坏儿的缘故对幻想产生了极大的恐惧，以至于宁愿面对现实的残酷。这让我不寒而栗。这本书的魔力显然不仅可以毁灭世界，还能摧毁人的灵魂。

我现在的情况还没到莱尼这个程度。在对幻想的热爱与现实之间，我被拉过来扯过去。这里说的并不是比喻，而是实实在在的。在储藏室门前，我左边站着班迪克斯，右边是雷特罗，我和幻想有了一个人生最美之吻，而现实突然向我表白说爱我。

## 30

“我先走。”雷特罗宣布。班迪克斯没有反对，他的勇气仅仅只够让他不逃跑。谁又能责怪他呢？他陪着我们过来，就足以让人高看他一眼了。雷特罗以为埃博拉是他那个世界里某种神奇怪兽的腺体，而班迪克斯却知道它是能致人死亡的。

死亡。

如果这里出了岔子，我将会死掉。

我还没想过这么远呢。大多数故事里的英雄们在行动之前都不太考虑死亡问题。如果他们不得不考虑这个问题的话，那他们也表现得很自豪，因为能为正义献出生命（通常他们也不需要死，送命的都是配角）。但我却一下子害怕起来，我不想死，不想死在二十九岁的年纪，不想死在我还没找到自己在这个世界上的位置的时候。我还没找到一个职业，一个能爱我的人，一个我也会爱他直到人生尽头的人，而这个尽头也千万要在我年事已高的时候才到来，比如在九十八九岁的时候，在即将患上老年痴呆的前两分钟，这是我有生以来第一次不想当英雄。

“我要把门踢开。”雷特罗宣布，这时我们都站到了储藏室前面。

“我倒是认为，”班迪克斯反驳说，“我们应该谨慎地探测一下情况。”

雷特罗很不赞成地看向他，“谨慎地探测”的人对他而言就是胆小鬼。

“你说得对。”我支持班迪克斯的意见，此时我的双脚还是有点打哆嗦。这时雷特罗也很不赞同地看向我。我把他推到一旁，把门扒开了一条缝，然后，我们在一大堆混杂的漫画书中间发现了坏坏儿。她身旁正放着雷特罗的剑和埃博拉瓶子。

“我也想要一支丧尸军队。”她正在自言自语。她的声音听上去像是一个想要化妆匣子，并且准备为此向她的父母施加各种恐怖手段的小姑娘。

“这……这是一个小女孩啊。”班迪克斯轻声说道。

“这就好比把哥斯拉怪兽看成了小蜥蜴。”莱尼轻声地回话。

“这孩子拿了我的狼刃，”雷特罗愤怒地冲进了储藏室，“马上把剑交给我，小姑娘！”

坏坏儿不慌不忙地从漫画中抬起了头。

“他不应该把她叫作小姑娘的。”莱尼满是恐慌地说。

我也觉得这恐怕不太好。

“给我，不然我就要打你的屁股了！”雷特罗威胁道。

坏坏儿站起身来，笑得非常可爱：“你想要打我的屁股啊？”

“我会那么做的。”

“你可真是一个好坏、好坏的爸爸。”她挖苦地坏笑着。

雷特罗僵住了一会儿。也许是因为他不知道什么是“爸爸”，但更主要的是，小女孩完全不惧怕他的这个事实让他惊讶不已。

“你想要你的剑吗，爸爸？”坏坏儿奸笑得相当邪恶。她的声音中带有一种威胁的语气。想必，《101 忠犬》里的反面角色库伊拉在儿童时代差不多就是这么说话的，“那我就把剑给你喽。”

和我们一起站在门槛上不动的莱尼只说得出两个字：“啊，啊！”

班迪克斯点了点头。他的直觉告诉他，这的确是一个相当“啊，啊”的时刻。

“拿好你的剑！”坏坏儿疯狂地咯咯笑着，一边冲向雷特罗。

雷特罗险险地避到一旁，坏坏儿的剑钉在了门框上，并且卡住不动了。她一边咒骂着一边试图重新把剑拔出来：“出来啊，你这混账东西！”

“我说，”班迪克斯已经满心疲惫，“我受够了。我要去报警！”然后他转身跑掉了。坏坏儿简直就是一场自然灾害啊。不，若是自然灾害，班迪克斯还能应付得来，因为作为联合国儿童基金会员工，他经常要奔赴遭受了飓风、雪崩或者地震的地区。但是坏坏儿完全是另外一码事。

有谁会责怪他在面对一个疯狂的小姑娘以及同样疯狂的处境时临阵脱逃呢？

我就会！

我会责怪他。如果他真的爱我，他就不应该把我丢在这里独自面对恐惧。

“得让人用皂角给你好好洗洗嘴巴。”雷特罗说道，把剑连同小姑娘从墙上拔了下来。他把坏坏儿放到地上，想从她紧紧攥着的手里把剑夺过来，但这时，坏坏儿张开嘴咬了他，深深地咬进了肉里。

“啊！”雷特罗爆发出一声震得人心发慌的大叫。

我恨不能和他一起放声大叫。那个小怪物笑得那么疯癫，让我浑身都起了鸡皮疙瘩。我其实也很想掉头就跑。莱尼全身都在发抖，一边还用微不可闻的声音喃喃自语：“是我创造的她……”

电影里的科学家们会因为自己把怪胎带到这个世界而内疚得精神崩溃。他们绝望地哭泣、喊叫或者从直升机上跳下去。莱尼却显得像是魂不附体，仿佛他的整个自我都被摧毁了。

在雷特罗不知所措地查看自己的伤口时，坏坏儿开始用疯狂的速度两脚交替着踢向他的小腿骨。雷特罗试图抓住她，但小姑娘太敏捷了。她大笑着在他身边跳来跳去，用最大的力气踢中了他的膝盖窝，迫使他跪倒在地，并松手丢开了长剑。狼刃哐当落地，坏坏儿一把抢过剑，咯咯坏笑："我还从来没有斩首过任何人呢，那一定会很有趣。"

她举起了剑，把它放在正跪在地上打算喘口气的雷特罗的脖子上。这时，莱尼突然非常清晰地喊了一声："坏坏儿！"

"什么事，爸爸？"

"这个野兽是你女儿？"雷特罗咒骂着，他察觉到自己的剑正架在自己的脖子上，他知道，只要稍微动一下，坏坏儿就会动手砍掉他的头。

"从某种程度上来说算是吧。"莱尼回答。

"你真应该好好管教她！"

"是啊，爸爸，好好管教我呀。"小东西咯咯直笑。

莱尼没有继续走向雷特罗，而是走近了坏坏儿："请不要杀死他。"

我还从来没见过莱尼这么严肃。我几乎觉得，在莱尼内心毁灭的那一刻，一个更加成熟的、全新的自我在他身上产生了。

"如果我这么做的话，我又能得到什么呢？"坏坏儿问。

"我向你发誓，会给你画一切你想要的东西。"

"不行！"我抗议道，"你不可以这样做！"

坏坏儿上下打量着我："你又是谁呢？"

酷酷的英雄在这样的情形下会回答说：我是你最糟糕的噩梦。可是，一方面我非常确定，对于一个和谐友爱、整天烘焙苹果蛋糕、逗弄独角兽的国度而言，坏坏儿才是最糟糕的噩梦；而另一方面，只要一想到自己会成为她关注的焦点，我就害怕得不行。与此同时，坏坏儿已经用一种“我在想，把你绑起来会是什么感觉”的神情看向我。在这一刻，我再也不想成为女英雄了，顶多就做个“隐身女超人”。

“她谁也不是。”雷特罗声称。

如果是在别的情形下，我肯定会觉得这个说法非常没有风度，但眼下，雷特罗不过是为了引开坏坏儿的注意力，而他自己现在离死亡是那么近。雷特罗的确是一位英雄，因为是我把他画成这样的。也可以说，他从一出生就是英雄了。这难道不比班迪克斯这样一开始决定要勇往直前，但在真正危险的时候就胆怯了的人更好吗？又比如是娜莉·奥斯瓦尔德这样的，一碰到险情就恨不能马上打电话找妈妈，哪怕妈妈对这样的情况完全帮不上忙。显然，要想成为英雄，必须得天生就具备。

“她真的完完全全谁也不是，”莱尼对王子的话表示赞同，他也想要引开坏坏儿，“如果你去维基百科上输入‘谁也不是’这个概念，你就能看到她的照片。”

“我不知道什么是维基百科，”雷特罗接过话题，“但如果‘空空如也’女神有个名叫‘谁也不是’的女儿的话，那么就会长成她这个样子。”

我渐渐觉得这两个人说得有点夸张了。

“‘空空如也’女神，”莱尼继续唠叨，因为坏坏儿还在继续盯着我，“根本就想不起她来，她的重要性真的就这么低。女神会说：哎呀，我有一个女儿吗？”

他们的夸张程度不止是一点点儿啊。

“对她感兴趣的人顶多只有胡须生长女神……”雷特罗补充道。

“我觉得，你们说得够多了！”我打断了他们俩，一时间忘记了害怕，“我猜，坏坏儿已经明白了你们的意思。”

"哦，是明白了，"她坏笑着，"明白得不行，这个奇形怪状的女人……"

"奇形怪状？"我恨不得把这个畜生的耳朵揪成长条形。

"……她对你们俩来说显然非常、非常重要！"

这又是一个"啊，啊"的时刻。我正想要转身逃跑时，坏坏儿已经站了起来，长剑抵着雷特罗的脖子一动不动，用空出来的另一只手从地上拿起一个瓶子，朝我的方向扔过来，口里还大叫："中！"

小瓶子笔直朝我飞来，一边飞还一边打了好几个转。处在我这个立场上，其他人的脑子里大概会冒出这一类的念头：如果我没能接住这个东西，我们大家都会死的！而我想的却是：啊呀，老天，我接东西的水平为什么那么差劲？有多少次在别人向我扔来钥匙串时，我都被砸中了眼睛，而现在却让我来接住一个装了埃博拉病毒的小瓶子！

我慌乱地抓向玻璃瓶，碰是碰到了，但是接住嘛……那就是另外一码事了。小瓶子掉向了地面方向。我试图重新抓住它，但却只是再次触碰到了而已。这虽然带来了一点向上的阻力，但随即瓶子还是落了下去。我无助地把左脚伸向空中，而瓶子径直掉在了我的"钢铁侠"球鞋上，恰好落在钢铁侠的金属脸上。我试图让这个易碎品保持平稳，但失败了。小瓶子从我脚上滚下去，扑通一声滑过最后几厘米，着陆了。我闭上眼睛，屏住呼吸，等待着那一声"哐啷"。但我却只听见了一声"咚"。

"咚"挺好啊。

比"哐啷"要好。

我小心地睁开眼睛，看见小瓶子在地上滚了几圈，然后不动了。这东西居然完好无损！"咚"俨然跃居我最爱声响排行榜之首。

“呼”，我舒了一口长气，擦了擦额头上的汗。那不是累出来的汗，而是吓出来的，汗味闻起来挺刺鼻。今天发生了一大堆事情，我急需淋浴一次，哪怕是在班迪克斯的浴缸里洗个泡泡浴也行。

但是形势并没有好转。雷特罗的脖子上仍然抵着剑，而他是这里唯一的一名英雄。坏坏儿还有两个瓶子，而我对如何战胜她依然完全没有头绪。我看向一侧，尽管不可能，我还是希望莱尼能想出一个主意让大家逃出生天，可他已经自己逃掉了，正如之前的班迪克斯。

我这白痴也早该逃跑的，尽可能地远离坏坏儿和埃博拉，这样兴许还能保住一条小命。我以为自己能成为女英雄，这真可笑，简直幼稚极了。班迪克斯是我们两人中更加成熟的那个，他做事很有责任心，于是他去报警了。我却因此对他产生不满，这是不对的。

我看向雷特罗，他仍然跪在坏坏儿面前无法动弹，因为她还在用狼刃胁迫着他。如果我现在逃跑，就等于抛下他了，这是错误的。但在恐惧和慌乱中，我听到内心有一个声音对我说：王子根本就不是一个真人，他可以去死的。

我正打算转身逃跑，就听到那个小畜生大喊：“中！”

剩下的两个瓶子朝我飞了过来。刚才我连一个瓶子都没能好好抓住，想要一次接住两个，那是完全不可能的。我不堪重负地闭上双眼。当然，我不会再次听到刚刚成为我最爱声响的那声“咚”了，现在一定会是“哐啷”，兴许还是“哐啷、哐啷”。

我闭上的眼皮下面涌出了泪水。我到底为什么要偷那本书啊？到底为什么会有这样一本书呢？那些愚蠢的和尚到底为什么要造这么一本书呢？那个愚蠢的军队到底为什么要把愚蠢的和尚们赶跑呢？人类为什么会愚蠢到要创造出军队来呢？为什么我们大家就不能好好地和平生活呢？所有人一起做饭、烤东西、逗弄独角兽不好吗？那样我现在就不必去死了。

对死亡的恐惧却根本不是眼下最糟糕的事情，最糟糕的是我的羞耻感。我想要逃跑，想把雷特罗丢下不管，这让我觉得很羞耻。我甚至要放任雷特罗死去。没错，王子的确不是真正的人，只是我幻想的产物，但他是有生命的，是活生生的！他给了我一生中最美好的吻。

这位王子真的从来、从来没有真正丢下过我。他的生命和其他任何人的都一样宝贵。

偷那本书是不对的，但如果我没去偷，雷特罗就永远都不会活过来。我很高兴把他带到了我们这个世界，他是我所完成的最伟大的事物。

痛苦。

爱。

我创造了一个生命。

我的人生并不是徒劳无用的。

## 31

小瓶子飞在空中的这零点零几秒时间里，我的大脑里闪过了无数个念头：如果我的生命能够继续下去的话，这自然很美、很棒。但如果坏坏儿利用画册的魔力来为非作歹的话，那就完全不美好了。而如果摩尔把它弄到手并用来实现自己的地狱场景，那就更加糟糕了。假如班迪克斯叫来的特警队没收了画册，又会发生什么事呢？他们大概会把画册交给政府，而政府又会把它交给北约军队，而军队肯定是不会用它来给俄罗斯总统画一条芭蕾舞裙的。届时，就只有希望军队会像《夺宝奇兵》里演的那样，完全没有意识到魔法物件的潜力，永远把它封存在13号仓库中。不然的话，世界将在恐怖事件中完蛋。不必去面对这样一种世界末日，这对我而言也起不了多大的安慰，反正我马上就会听到“哐啷、哐啷”了。

然而我并没有听到“哐啷、哐啷”，也没有“哐啷、咚”，或者“咚、哐啷”，又或者是最最美妙的“咚、咚”，我所听到的是“嗖、嗖”。

“嗖、嗖”？

这可有点出乎意料啊。“嗖、嗖”声变得越来越响亮，显然是越来越近了。我睁开了眼睛。视线稍微有点模糊，堆积在眼皮后面的泪水这时滑下了脸庞。朦胧中我看见，有个什么东西正在我们头上飞。它的背上有着像“屋顶上的卡尔森”那样的旋转翅膀。还有两个抓臂，它就是用抓臂接住瓶子的。

“该死的东西！”坏坏儿咒骂着。

我飞快地擦干了眼睛，看见一个飞在半空的可爱机器人，它的灯光在友好地闪烁，那模样活像是《星球大战》中机器人失散多年的亲兄弟。

遗憾的是，我根本没有时间为这个可爱的飞行机器人高兴，因为坏坏儿在大喊：“这是你们自找的！”

她准备把剑砍进雷特罗的脖子。

“不要啊！”我大喊出声。

“就是要！”坏坏儿大笑，而雷特罗非常英勇地直面自己的命运。这时，机器人从它的胸膛发射出能让任何西斯将军都嫉妒得脸色更苍白的电光，准确命中了坏坏儿，这个小畜生全身开始颤抖。她松开了长剑，跌倒在地，在地上又挣扎了两下，然后就不动了。

“着陆，关机。”莱尼命令道。我的这位好哥们儿手拿画册站在我身边，而机器人听从了命令。它降落到地面，像《星球大战》中的机器人那样嘀嘀了几声，然后就滚到了角落里。

“你……你……”我结结巴巴地指着莱尼。

“没错，我把罗伯给画出来了。”他确认道，并指了指画册。

“罗伯？”我问着，从明显不省人事的坏坏儿身上跨了过去，用手抚摸着这个圆形机器人的光滑铁皮，当 X 翼战机斗士抚摸自己的机器人时大概也是这样的感觉吧。

“我一时间想不出更好的名字来嘛。”莱尼表示抱歉。

“我完全没搞明白……”雷特罗说。他挣扎着站了起来，把自己的剑拿了回来，“这本书难不成有魔力？”

我一直都在担心这场谈话的到来。我慌乱地想找出一个能解释这一切事情的理由，但我也不能告诉他说：这个卑劣的小姑娘和飞行的机器人在我们的国度里是司空见惯的，和那本册子一点关系都没有。而在我想出好答案之前，莱尼说：“没错，正是如此。”

我大惊失色地看向莱尼，他怎么能直接说出来呢？他知道雷特罗是我创造出来的啊！

“你的王子总有一天得知道真相的。”莱尼说，此刻的他显得比以往任何时候都要成熟，这让我一点也不喜欢。这时，他把小册子塞进了我手里。

“我得知道什么真相？”雷特罗怀疑地向我问道。

我从来都知道，真相大白的时刻迟早都要到来的。但知道并不意味着就已经有备无患了。

我求助地看向莱尼，他兴许可以替我传达这个坏消息吧？但莱尼只是摇了摇头：“这是你的责任，娜莉。”

成年人们论证说，人们最没劲的地方就是他们常常把没道理的事情说得很有道理。

“没错，雷特罗，”我先回答他的提问，“那本书拥有魔力。”

一个普通人会直接嘲笑我一番，但对于来自阿曼坡的王子而言，魔法物品却不是什么异乎寻常的东西。于是他只是问：“它有什么样的魔法？”

我深深吸了一口气，打算尽快把这事了解，于是飞快地回答：“一切画在上面的东西都能变成活的。”

“我的疯癫女神啊！”雷特罗惊叹了一声。

“你们还有个疯癫女神？”莱尼很惊讶。

“你们没有？”

“没有。但是如果有的话，那我们这个世界的全部事务可都得归她打理了。”

“这个东西，”王子指了指罗伯，“它是被画出来的然后变活了？”

我点点头。

"这个小怪物也是？"他指向坏坏儿。

我又点了点头。我知道，接下来他会问到谁了。

"你们真的确定，你们这里没有疯癫女神？"

好吧，我并没有猜对他的下一个问题。

"你们打算拿这本魔法书干什么？"接下来的第二个问题也很让我意外。王子根本不想知道，自己是否也是被画出来的，这个念头他根本就没产生过。原则上来说这也不足为奇。如果我是被人创造出来的，比如是一部小说里的某个人物，那么我自己也是不会想到这一点的。

"你们是想把这一魔力收为己用吗？"

告诉他，告诉他，告诉他，我对自己说。

"……还是想要把它烧毁？"

"这个办法挺不错的。"莱尼觉得。

"你们应该这么做，"雷特罗严肃地说，"这样强大的魔力可以腐蚀掉一切灵魂。"

告诉他，告诉他，告诉他！

"这种情况弗洛多最清楚。"莱尼表示赞同。

"这个弗洛多是你们的好朋友吗？"

"不是，他是一个非常无聊的故事里的人物，我从来都不喜欢他。"莱尼回答。

"阿曼坡也有很枯燥的故事。比如，和平族的塔罗斯人……"

该死的你赶紧告诉他啊！

"还有永远贞洁的加仑那人的故事，以及关于加尔歌文园丁的故事，他喜欢观看植物的生长……"

"或者是……"

“你也是被画出来的！”

终于说出来了！

雷特罗惊诧地看向我。

“呃，”莱尼清了清嗓子，“我先去把树藤拿过来绑住坏坏儿。”

他飞快地离开了储藏室，而我则试图从雷特罗脸上解读一下我的话对他产生了什么影响。他嘴角的纹路开始慢慢扭曲，他一定马上就会哭出来吧，当他明白阿曼坡只是头脑的幻想之物，而他的火狼、他的兄弟姐妹，即使是他的爱人菲萝仙，也都从来没有存在过。

可是雷特罗没有哭。他笑了，非常响亮。这让我惊讶了。大笑中的他拍了拍我的肩膀，喘着气说：“娜莉·奥斯瓦尔德，你真是有趣得不行！”

“这不是在说笑话。”

“不是吗？”雷特罗停住不笑了。

“不是。”我声明。

王子思索了片刻，然后更用力地拍起了我的肩膀，力气大得让我必须紧咬嘴唇才能不大声喊疼。同时，他也笑得更大声了：“又是一个笑话！”

“这不是笑话。”我回答。

雷特罗再次停止了大笑。慢慢地，他明白了，我是认真的。

我把书翻开，给他看册子里只剩下了“雷特罗·冯·阿曼坡”以及“狼刃”这些字眼的第一页。

“这……这……”这位并不是真正王子的王子现在面色苍白起来，“只是一个恶劣的玩笑吧……这本书没有魔力的！”

“有的……它有魔力……”我支支吾吾地回答着。夺走一个人对自身的信仰是一件再可怕不过的事，不管这个人是不是被画出来的。

"证明给我看。"雷特罗要求我，他全身都在颤抖。

"坏坏儿和机器人……你已经见过他们了……"

"证明给我看！"现在的他完全失去了自控能力，抓住我直摇晃。

"好的，好的，好的。我证明给你看。"

于是，我画了几只戴着帽子的小兔子。我一开始想给它们取名为兔赌赌，但我还是简单地叫它们"可爱小兔子"好了。我要把它们画得非常、非常可爱才行，我可不想往这个世界里投放那种能把一切搞得更加复杂的生物。我一画完，这些戴帽小兔就从画册的页面上蹦进了现实生活。

## 32

“菲萝仙，”雷特罗断断续续地说，“我的火狼……我亲爱的兄弟们……全都是幻象……是妄想……”

恐怖的卡达西对兄弟姐妹们施加的酷刑也并不存在，这不过是微不足道的慰藉罢了。

“一切……一切……都是一个谎言……一个彻头彻尾的、该死的谎言……”

王子慢慢地明白了自己不仅不是王子，甚至还不是一个真正的人，这让他几乎精神崩溃。我想要安慰他，不是像一个母亲安慰自己的孩子那样，更不是像一个创造者安慰自己的造物那样，而是像一个女性朋友去安慰一个对自己很重要的人——而这个人兴许重要得有点过头了。我想要握住他的手，奢望着能借此减轻他的痛苦，同时也想要告诉他，在这个世界上，他不是独自一人，不管发生了什么事。

没错，在这一刻我知道：我会留在他的身边，照顾他，给他必要的支持，不让他在这个世界里消沉。

我还没碰到他，他就拍开了我的手。这让我吓了一大跳，我没勇气再尝试第二次，只是轻声说：“我会帮助你的……”

“哦，是吗？”他苦涩地讽刺道。

“是的……”

“当那个小怪物准备动手的时候，你可是很想逃跑呢！”

我可以借口说：我那是想要找帮手或者是找到那本书来赶紧画出

一些能挽救他不被斩首的东西来，就好像莱尼画出了罗伯。可我不想再骗他了。我对我的谎言深深地感到羞耻，而更让我羞耻的是我的胆小怯懦。因此，我用更低微的声音回答说："我不是一个像你一样的英雄。"

"的确不是，我的创造者是一个胆小如鼠、满口谎言，还长着胡子的女人！"

这一刻终于到来了，他发现了我是一个应该被蔑视的骗子。在浪漫爱情电影中，接下来就要花上五到十分钟的时间演绎男女主角各走各的路，同时两人都很不开心，但却需要一段时间才能搞明白，自己不能没有对方，从而终于在最后一刻非常戏剧性地又重新走到了一起——通常是在机场。而这里却不是爱情电影，更别提浪漫二字了，哪怕有了一生最美之吻。这里是愚蠢的现实。而在现实中，是不会出现欢天喜地的大团圆结局的。雷特罗和我永远都不可能在某个机场大厅里投入彼此的怀抱。

"我宁愿是被疯癫女神创造出来的，也不愿意是你！"雷特罗的轻蔑以及我此时此刻的无力感都在不断增长，"永远都不要再出现在我面前，娜莉·奥斯瓦尔德！"

提着狼刃，他越过我走了出去。

"别，请别走……"我对他担心得不行。在这种状态下的他该怎样独自去面对柏林呢？而我更加害怕的是，自己会永远地失去他。所以，我追上他并挡住了他的去路。

"退开！"他威胁道。

"我不会让开的。"我颤抖着回答。

"退开！"他的眼睛里闪烁着愤怒，仿佛随时会有闪电从眼中射向我，他拔出了剑。

“不。”我轻声地说。

“退开，不然我就用狼刃劈开你的脑袋。”

雷特罗举起了他的剑。我无法想象他会动手，他太高尚、太英雄了，即使他在这一刻感觉不到这些。于是我继续站在他面前不动。而他……他……他当然没有动手。

这位不是王子的王子，放下了他的剑，厌恶地说：“如果你也像这样勇敢地从一开始说出真相就好了。”

我羞愧地看向地板。雷特罗从我身边走了过去，我听见他穿过书店、打开门，然后莱尼问他：“你要去哪里？”

“去没有娜莉·奥斯瓦尔德的地方。”

这比任何剑伤都更加让我痛苦。

我听见门关上了，就像瘫痪了一样呆立不动。莱尼拿着树藤走了进来，想要绑住坏坏儿，问：“你不去追他吗？”

我没办法回答，连让自己动一动都不能。

“他是你的责任，就像坏坏儿是我的一样。”

实在令人意外啊，偏偏是莱尼突然之间就比我成熟了那么多。今天发生的事情完全改变了他，而我却仍然还是原来的那个娜莉。只不过，我现在确切地知道了自己究竟有多怯懦。

“万一，”莱尼问，“你的王子对自己做出点什么事来该怎么办？”

这个念头让我从僵硬状态中清醒过来：“他……他是不会这样做的，他毕竟是一位英雄啊。”

“他现在知道自己不是了，”莱尼反驳说，“而且，谁也不知道这会对他产生什么影响。”

是啊，雷特罗受了很大的刺激。他的行为、他的信仰，乃至他的整个存在都被颠覆了。还有什么比这些更能成为自杀的理由呢？

我顾不上回答莱尼，直接拿起画册冲了出去，穿过书店跑向大街。可雷特罗却不见了踪影。

他是去了左边还是右边？可能性是五十比五十。我决定向左，于是跑到了下一个街角。而那位不是王子的、甚至还不是一个真人的王子依然不见踪影。我快速地跑往另一个方向。而那里也找不到雷特罗！我绝望地穿梭在街道中，全然不顾自己已经跑岔了气。我跑啊跑，跑啊跑，直到再也跑不动。最后，我一边扶着街灯气喘吁吁，一边望向空无人影的大街，看见太阳从柏林的屋顶上沉了下去，我知道，我永远失去了雷特罗。

# 33

我绝对会直接坐到地上、靠在路灯上放声痛哭，如果不是听到了警笛声的话。

于是我用尽全力重新跑回漫画书店——虽然已经岔了气，然后老远就看见了武装到牙齿的特警队员们从警车中跳了出来。

特警队现在已经不会在书店里找到雷特罗了，而我也可以趁他们发现搜捕名单上也有我的名字之前开溜。但他们会找到莱尼的，而他身边有一个古怪的机器人、几个戴帽子的兔子，甚至还有埃博拉瓶子、原子弹以及一名被捆绑起来的小女孩。警车不仅会把莱尼当成恐怖分子，还会把他看作一名儿童绑架犯，并且会用相应的方式对待他。也就是说，我现在不能把莱尼丢下不管！

可我该怎样帮助他呢？我怎么才能阻止那整整一大队的特警逮捕莱尼、不让他们打断他全身的骨头呢？

很简单，就用这本书。

运用魔法的方式可太多了。我可以画出一个机械战警朝着警察们跑过去，或者是一支印第安纳骑兵打马冲向他们，又或者让他们被一架飞船绑架走——飞船里头当然画的是和气友好的外星人，而不是身上各个开口的地方都插了医疗管子的那种。可是这些新的生命会把柏林以及我的人生搞得更加糟糕。所以，我得想出既能把警察们吓跑、最好还能让他们立刻把对我和雷特罗的追捕令从电脑系统中删除的办法。说到把自己的想法强加在别人头上，还有什么能比洗脑辐射器更好用呢？

我画了一个洗脑辐射器，它立即就变成了实物落在我身旁。我拿着它走向警察们，说了声“嗨”，当他们转向我时，我用洗脑器攻击了整支队伍。

“来，跟我说。”我要求他们。

“来，跟我说。”他们整齐一致地回答着。

“不是这样的……”我想要纠正大家。

“不是这样的……”他们再次整齐一致地回答。

“好吧，让我们换个方式……”

“好吧，让我们换个方式……”

“不要一直打断我的话啊！！！”

“不要一直打断我的话啊！！！”

“你们开始让我觉得头疼了。”我叹气。

“你们开始让我觉得头疼了。”

“啊啊啊！”

“啊啊啊！”

“我还不如画一群印第安人骑马冲向你们呢。”

“我还不如……”

“都给我住嘴！”

我等着他们的学舌。但洗脑辐射器到底还是发挥出了效用，所以他们听从了我的命令；正如他们一开始遵从了我那句“来跟着我说”一样，现在的他们都闭上了嘴。

“你们将开车离开，并把对我和我朋友的追捕令从系统中删去。”

警察们整齐划一地点了点头。我的整个困境就此解决，而我实在手痒难忍，于是下令说：“现在，跳一段鸭子舞吧。”

警察们开始边跳边唱：“啦啦啦，啦啦啦，啦啦啦啊，啦啊啦啊啦……”

“现在，全体人员像鸭子一样摇摇摆摆。”

他们像心情不错时的唐老鸭那样摇摆起来。必须承认，我觉得很好玩。在经历了这么多疯狂的事情之后，我想用一点点乐趣来把自己的注意力从痛苦中转移开。

“现在再来一个花样游泳！”

特警队员们躺到了地上并且摆出队形游起了泳。

“你到底在干什么？”我突然听见了班迪克斯的声音。他正站在某个大门的入口处。他一定是因为担心我而赶过来的。而现在，他看见我手里拿着一把洗脑器，而警察们在人行道上表演花样游泳。

真是被逮了个正着啊，我终究还是把画册的魔力用在了完全没有意义的事情上。班迪克斯跨过这群全副武装、正努力在地上摆出一朵睡莲图案的警察。我赶紧命令他们：“起立，滚。”

大家挣扎着站起身来，重新跳进了警车。因为我对他们觉得挺抱歉，所以我迅速地下达了又一个命令，让他们至少能感觉好受一点：“你们赢得了金牌，欢庆吧。”

车窗后露出警察们喜出望外的笑脸，大家同声高歌着“我们是冠军”呼啸而去。

班迪克斯不知所措，一时间说不出半个字来。他今天和我经历的这一切让他无法消化，而我现在却真真正正地感觉到很糟。哈利·波特可从来没有把魔法用在这样的事情上。他从来没用过任何魔咒来把斯内普的发型变成卷毛头，或者是把邓布尔多的长袍变成泡泡纱的运动服。他也没有利用魔法把伏地魔变成一扇车库门。话说回来，如果哈利·波特有这个能力的话，他说不定也就做了。

“刚才……刚才发生了什么事？”班迪克斯觉得很难组织语言。

最简单的做法就是现在用洗脑器也对着他按一下，那么我就不必跟他说出关于这本画册子和雷特罗的真相了，更无须承认自己是一个把魔法用于玩笑胡闹的人。但如果我把魔法也施加于那些对我比较重要的人身上，那我就真真正正成为一个大坏蛋了。于是我告诉了班迪克斯事实，全部事实，并且只有事实。在一般的情况下，他可能对我的这番发言一个字都不相信，但他如今已经见识过了太多东西：机器人、埃博拉、洗脑器，以及一位和他长得几乎一模一样的王子。当我把所有这些都给他解释了一遍之后，班迪克斯脱口说了句“我的圣母玛利亚啊”，那口气活像是一位修女得知牧师把忏悔室经营成了一家生意兴隆的赌博室。

班迪克斯震惊不已地坐到了砖石地板上，我握着洗脑器坐到他的身旁。

“娜莉，如果你不把那玩意儿指着我这个方向的话，我会觉得更舒服点儿。”

这个很可以理解。我把洗脑器放在了一旁，但却马上又拿了起来，如果我一不小心弄丢了它，那后果将是不可想象的。不能让坏人控制住他人思想，尤其不能是那些种族歧视分子。其实，谁都不应该去控制别人的思想，我也不行。

我一想明白这一点，就赶紧画出一台报废机。当它突然立在了我们面前的时候，班迪克斯缩了一缩。我挣扎起身，把洗脑器扔进了报废机里。在响亮的声音中，洗脑器被压碎捣毁。我是不是应该也把魔法画册扔进去呢？正当我决定扔的时候，班迪克斯大喊：“别这么做！”

“为什么不？”我想知道。这本画册只会带来灾祸，要是落到了更糟糕的人手里，它将会毁灭世界。把它扔进报废机里才是对它最明智的处理方式。

“娜莉，你想一想……我们能用它来为儿童基金会做多少好事。我们可以终结饥饿和贫穷，可以消除这个世界上的一切不幸！可以拯救无数人的生命。”

班迪克斯的想法是正直的，他是一个好人。我突然之间明白了，我也可以在他身边用这本书做一些好的事情。我们可以共同成为人类历史的英雄，和故事里的英雄们很不相同的、要好得多的那种。我们不仅仅要从坏人手中拯救世界，还能让世界变得更好，这对我而言是怎样一种前景啊。我刚刚还彻底崩溃，而现在，一切都有希望真正地好起来！对世界而言如此，对我也一样！

“你的眼睛在闪闪发光，”班迪克斯微笑着用手抚过我的脸颊，这让我很尴尬，“你知道吗，娜莉，一切都这么疯狂，整件事让我无力应对，而我也几乎无法思考，但在所有这些事中却有一件让我真的非常开心……”

“什么事？”我惊诧地问。

“你是照着我的样子画出王子的……这意味着，你是那么爱我，正如我爱你……”

他的眼睛现在也闪闪发光了，他的嘴唇离我越来越近。但愿，这会是一个人生最美之吻。因为魔法画册，我们也许最终能有一个未来，一个美妙的、两人携手改变世界的未来。班迪克斯的嘴唇碰到了我的，这个吻很美，它非常温柔，还有……它是我人生中第二美的吻。

这就足够了啊，我的理智如是说；而我的感觉却也不敢反驳，宁可与一个真实的男人共享一个几乎完美的吻，也比和一个永远不可能与他有未来的完美男人接一个完美的吻。

因为我进行了比较，我就不得不再次想到那位并不是真正王子的王子。我很担心他，并且也想起了莱尼的提醒：他是我的责任。于是我离开了班迪克斯的怀抱，说："在改变世界之前，我必须先拯救雷特罗。"

## 34

班迪克斯非常兴奋，恨不能立即就开始动手与世界上的饥饿和苦难做斗争。当然，他也有一点点嫉妒雷特罗，但他很理解地说:“哪怕只是拯救一个生命，也是在拯救世界。”

“这是斯波克在《星际迷航》中说的台词吧，对吗？”

“不，是奥斯卡·辛德勒在现实生活中说的。”班迪克斯回答道。

“哦……”我既尴尬又感动地结巴了。

“来吧，娜莉，”他真好，没有对我的错误做出任何评论，“让我们去找你的王子吧。”

班迪克斯是我遇见的所有男人中最能理解别人的一个。他也许并不是最勇敢的（最勇敢的现在是雷特罗），也不是最诚实的一个（最诚实的也是雷特罗），但考虑到他要和我共同经历的未来，以及我们将要去做的好事，更主要的是因为他对我诚挚的爱，我可以原谅他隐瞒了自己有未婚妻的事情。而他临阵脱逃并且叫来了特警队，这证明他很有责任感。而同样的，他也会很有责任感地去对待魔法画册。从超级英雄的故事中我了解到:力量有着腐蚀性，很多人都不可幸免地、错误地使用了它，我刚才让警察们表演花样游泳的事就是一个有力的证明，但班迪克斯却更像是蜘蛛侠，他知道:力量越大，责任越重。

我们一起走进了书店。在我寻找雷特罗之前，我必须看一看莱尼和坏坏儿。我一进门就听见那个小野兽在储藏室里尖叫:“放开我！放开我！”

“我是不会考虑放开你的。”莱尼回答道。

“但是我得上厕所啊。”

当布鲁斯·威利斯在电影里把坏蛋绑住或者是用手铐铐在暖气管上时，他可从来没有碰到过这种问题。

“除非你对我发誓，不会胡作非为，我才会把你松开。”

“我发誓。”坏坏儿说,口气听上去诚恳得就像一名国际足联官员。

我让班迪克斯坐在沙发上等一会儿，他欣然同意，坏坏儿和埃博拉瓶子对他而言都太过可怕了。他刚坐下，就再次看见了那枚依然摆在沙发旁边的原子弹，不由僵住了。

“这真的只是一枚臭气弹。”我安抚他。

班迪克斯做了做深呼吸，拿起唐老鸭系列漫画中的《鸭子一家的北极之旅》，试图把注意力从疯狂的世界中转移开来。两只戴帽兔子在他的膝盖上蹦蹦跳跳，比起今天发生的一些其他事情，它们远远没那么让他难以接受。他用空出来的那只手轮流地抚摸着兔子们。

我站在储藏室的门槛上不动，观察着莱尼蹲在被绑起来的坏坏儿面前，很温柔地抚过她的脸颊说：“你不必做坏人的。”

他的小帽子被他扔到了角落里，他的身体挺得笔直。就算他说已经把自己的毒品药丸统统扔进了厕所，我也不会觉得奇怪。

“做坏人是我的天性，是我的本质。”小家伙说道。而我在担心，她马上也会咬莱尼的手。

“人是可以改变自己的本质的。”莱尼反驳道，作为一名刚刚改变了自己的本质，并且是差不多180度大转弯的人，他的话很权威。

他的话，还有他说话的语气镇住了坏坏儿，她问：“真的吗？”

“是的，这一点你可以相信我。”

“但是你把我画成坏人的呀……”

“这并不是说，你就必须一直做坏人。”

“哦……”坏坏儿陷入了思索。有那么一会儿，我在想，莫非这只是她在演戏，只为了让莱尼松开她，可接着她就说：“我以为，我必须做坏人呢。”

“不是的，每个人都可以决定自己想成为什么样子。”

“可我到底不是真正的人啊。”

“这一点也是你自己能够决定的。”

“我从来都不喜欢做坏人。”坏坏儿的眼睛里流露出了极大的痛苦。

“当然不会喜欢的……”莱尼点点头，小姑娘这么痛苦显然让他很内疚。他小心翼翼地给她松了绑。

“如果我真的杀死了那个男人，我永远都不会原谅自己的。”泪水从坏坏儿的脸上滚落下来。莱尼把她拥进怀里安慰她说：“我相信你的。”

我也相信她，她看上去不再像是一个怪物了，也不再像一个坏蛋，更像是在自己班级里一个朋友也没有的小姑娘。

“我更愿意是像呵欠儿一样，她是边缘国度的正义精灵。”一点儿也不想做坏人的小姑娘坦白了自己的想法，声音响亮、抽抽噎噎。

“你知道的，”莱尼说，“边缘国度和呵欠儿根本就不存在。”

坏坏儿点了点头。小家伙的理解力真的比雷特罗强多了。

“但你却可以成为一个正义精灵。”莱尼对她说。

坏坏儿停止了抽泣：“真的吗？”

“真的。”莱尼的声音非常轻柔。

“可是我根本就没有呵欠儿那样的仙女棒呀。”坏坏儿说着噘起了嘴。

“要成为善良精灵是不需要魔法棒的。”莱尼说。

“不需要吗？”

“只需要用心。”

这时，小姑娘坏坏儿微笑了，这是她人生中第一次甜甜地笑，而不是邪恶地、疯狂地大笑。这让莱尼的心飞扬了起来，我的心就更是如此了。

我不知道莱尼是不是已经考虑过下一步该怎么办，是否要收养坏坏儿，把她养大并送进学校。我也根本不知道，他是真的在他的“莱尼座驾”里睡觉呢，还是有一个自己的住处。只有一点是毋庸置疑：他将会关心和照顾坏坏儿。而我可以帮助他，如果他没有住处，我可以给他画一所漂亮的房子，并且给坏坏儿画出所有必要的档案资料，这样就不会有什么部门把她从莱尼身边带走，而且坏坏儿入学也就不成问题了。如果她在学校里碰到了学习上的问题，我会画一个机器，用它可以直接把所有的知识下载到大脑里去——就像在《黑客帝国》中的那些仪器，只不过下载的不是打斗技术，而是词形变化、三分律和对《浮士德》的正确诠释。在我的学生时代要是能有这样一台机器该多好啊。

教育！这本册子的魔力可以相当快速地让一大群人受到教育！在世界的每一个角落。

啊，老天。突然之间我就有了这么多可以让世界变得更好的办法。是我啊，娜莉·奥斯瓦尔德！真难以置信呐！

但我首先得找到雷特罗。在这个广阔的柏林，这个拥有三百五十万人口的地方找到他。在这么大的一座城市里，有本可以画出“雷特罗定位仪”的魔法画册是件好事。用定位仪可以立刻看到王子目前的所在地！

我火速画出了仪器，据它显示，雷特罗正在潘库夫区的一条偏僻小道上。我本来也可以弄出一个瞬移传输机的，在零点零几秒之内就把我从一个地方传送到另一个地方，但我脑子里有太多星际飞船队员在瞬移过程中被弄成了一团糨糊的画面。

于是，我又走回书店外间，请班迪克斯开车带我过去。他听到坏坏儿不再坏了时很高兴，放下了唐老鸭漫画并评论道："这个唐老鸭真是小资市侩！"

我们走向他的车，暂且把机器人、埃博拉和炸弹抛在脑后，开始穿行在被路灯照亮的柏林街道上。街道看上去和往常一样，到处都是对我们的世界存在魔法这件事一无所知的人。在最初的开心过后，行驶途中的班迪克斯很奇怪地沉默着。直到我们快要抵达目的地的时候，他才转向我问："我们现在还是男女朋友，对吧？"

在浴缸事件之前，我是这么以为的。不过，当我出于可以理解的原因裹着浴巾逃跑之后就不再这么想了。老实说，在班迪克斯的公寓被他表白之后我也没再考虑过这事。可现在我必须考虑了。我的理智回忆起和班迪克斯那个美妙的吻，我的情感也觉得这个吻非常美好，但却发现：这只是第二美好的吻。理智反驳情感说：应该更加客观地来看待整件事。而情感回答说：客观地观察事情并不在它的工作范围内。理智又论证道：所谓的最美好的吻只是一个幻象，因为它来自于一个并非真正人类的生物；要想变得成熟就不能再相信童话，而是要珍惜自己身边的幸福。而情感现在开始发牢骚了，说它觉得变成熟真是一件很傻气的事。但理智毫不让步，继续说：在即将跨入三十大关的年纪，如果还总是期待着浪漫大团圆结局而不是走进现实，那么就很有可能会以悲剧收场了。在想到以悲剧收场的这个前景时，情感胆怯了，只能嘟囔着"那，那，那……"之类的话，最后闭口不言，任由理智回答了班迪克斯："是的，我们是男女朋友。"

# 35

雷特罗定位仪把我们带到了一个位于潘库夫城区的仓库。这座房子的大部分窗玻璃都破碎不堪，在支离斑驳的水泥墙上贴着一大堆老旧的、被风化的海报，内容是派对或者演唱会的宣传信息，又或者是“比起和陌生人进行不安全的性行为,还有着更好的办法”等广而告之的标语。根据定位仪，雷特罗位于三楼。我让班迪克斯在车里等我后就走了进去。大门上破掉的玻璃被纸板取代，楼梯间里满满都是涂鸦。墙上有吐着舌头的丑陋鬼脸，有怪诞的彩色文字，其内容只有涂鸦者自己才搞得明白，还有过去数十年间的格言警句大巡展：从“摧毁一切曾摧毁了你们的东西”到“布什是一个大规模杀伤性武器”，还有“主啊，你给我买一辆电动汽车吧”，等等。

比涂鸦更有趣的是，我听到了嘈杂的电吉他乐音，还有一个女人的声音，在唱：“自从你走后，我独自一人，吞咽着石头……”

这一类怪诞的歌曲无非想说：“我失恋了，因为你离开了我，而我痛苦万分。但我是一个非常骄傲的人，而你将看到，自己失去了什么，在放弃了我这样能把文字玩得天花乱坠的人之后。”

我这辈子已经听过太多类似的歌曲了。

“我吞咽着石头……”那个女人的声音在继续唱着，“石啊啊啊啊头……”

而我在想：唉，姑娘，干脆去订个披萨不就好了吗。

我拾级而上，歌声越来越大，我走到了门旁，门上喷涂着“杀死肯尼乐队排练室”的字样。我突然间明白了，我本该从歌声里就听出来的，这是把电话号码写在雷特罗手臂上的那位甜美小公主的乐队在排练。如果他在这里的话，那大概是他向别人请教了一番自己手臂上号码的意思，然后联系了她。但为什么呢？是因为他不想孤单一个人吗？

“石头。”门后响起了雷特罗低沉的声音。吉他声虽然还是老样子，但仅仅因为他的音调，这首歌就突然变得有点像是一首古老的民谣了，“是真的，是实在的，石头并不美妙，而曾经对我而言那么美妙的东西，最终却不是真的……”

雷特罗想要释放自己的痛苦，所以他找到了那个女孩。我小心地打开了门。这个房间看上去就和人们想象中的此类乐队的排练室一样：墙上挂着厚纸板、乐队在某个没人听说过的俱乐部里表演的宣传海报，还有无数的空啤酒瓶，卖掉这些瓶子的钱足够让二十个人在披萨店里好好吃一顿晚餐了。乐队的三个男人疯狂地奏着乐。贝斯手挺胖，蓄着大胡子，并戴着一顶大大的黑帽子。鼓手长得有点像是《布偶大电影》里的动物。而吉他手看上去则像是20世纪70年代时的大卫·鲍伊。

雷特罗站在麦克风前唱出自己的痛苦：“父亲、兄弟、狼，我从未认识过你们，我们的国度从不存在……”

当听见有人用这样一种声音唱出自己的痛苦，不仅仅会让人战栗，更会让人热泪盈眶。

“我孤单一人，我是一个谎言，我不想这样……我不想这样，但我是这么孤独……”

他很绝望，那么地绝望。

音乐结束了，而他向麦克风低语：“我多想，自己是块石头。”

男人们被狠狠震住了。“太棒了！”吉他手说。“盖帽了。”贝斯手认为。“谁带了纸巾啊？”架子鼓旁边的那只动物抽泣着。甜美女孩勾住了雷特罗的脖子，深深看着他的眼睛说：“你不是一个人。”

雷特罗对女孩几乎没有反应，他太过于沉浸在自己的痛苦中。但这没能阻止甜美公主甩着她的卷发对他秋波频传。而这也没能阻止我想象自己用一台轧路机从公主身上碾过去。

“让我们今晚好好乐一乐，”她在对雷特罗调情，“喝点酒，服食一点蘑菇。”

和雷特罗不同，我非常清楚她所说的蘑菇既不是指鸡油菌也不是草菇，所以我脱口而出：“你和他哪里都不会去！”

雷特罗和乐队成员惊诧地看向我。

“过来，雷特罗，我们走，和这里的这些人打交道对你并不好……”

“你怎么会这么想呀，大婶？”小甜甜问我。

“别叫我大婶！”

“那么就别说得好像你是他妈妈而他是个小孩子似的。”她的回答让我有一种被识破的感觉。

“他……他对这里不熟，”我只透露了事实的一小部分，“所以我必须照顾他。”

“这事我可以接手呀。”小甜甜公主微笑着，这让我越来越火大。

“我认为，这不是一个好主意……”

“但我觉得是，”雷特罗插嘴进来，他努力想让声音显得更坚定一点，“我希望了解这个世界。”

“我可以帮助你。”我提议。

“但我不想要你帮。”他的声音现在的确很坚定了，他的答案刺痛了我。

“你看呐。”小甜甜顽皮地坏笑着。

真希望手头能有一台轧路机啊！

好吧，我是可以画一台出来，但我当然不是真的想要对小甜甜施暴。兴许可以只画几只火蚁爬到她的牛仔裤里去。我根本不知道，到底有没有火蚁这种东西存在，但我可以发明创造。

“走吧，让我们动身出发。”雷特罗宣布。

“外面的这个世界，”我想要提醒雷特罗，“可能会伤害你。”

“也许吧，”他回答，“现在也没有另一个世界了。”

他想要抛开阿曼坡。

“来吧。”小甜甜笑着，牵起他的手出了排练室，乐队成员尾随而去。

我本来也可以跟着雷特罗去的，但是他并不愿意。他已经两次清楚明确地表达过他的意愿了。我不需要被拒绝第三次才能理解他的意思。最糟糕的并不是他再也不想见到我，也不是我心生嫉妒——虽然两者都是事实，而是我清楚地知道雷特罗在我们的世界里将永远都是一个局外人，同时我对此无计可施。

或者我也许可以？

“现在也没有另一个世界了。”

但是，我可以给他画出另一个世界。

## 36

我坐在排练室角落里放着的一个蒲团上。我试着不去想在这个蒲团上曾经发生过什么事情，也不去想它多久才被清洗一次。我拿出画册和笔……然后僵住不动了。我想要给雷特罗画出一个他自己的国度，但这个想法有一个破绽：这样的一个国家将会突如其来地出现在我们的真实世界里，在柏林，在潘克福城区中间。这将造成难以想象的轰动。不仅会让好奇的游客们蜂拥而入——就像柏林墙推倒的时候——政府、特工以及军队完全疯狂，而卫生医疗方面就更不用提了。也就是说，雷特罗的新国家将被我们的世界在几个小时之内腐蚀掉，而王子和他所有的臣民都无法幸福地生活下去。这个国家必须很小，小到可以不引人注目，并在某个地方被保护起来。这时，我有了一个主意：雷特罗的国度可以放在一个雪花玻璃球里头——这会是一个完美的、小小的、独立封闭的世界。在这样一个玻璃球里，我将画出一个叫作阿曼坡的国家。另外，我还要画一台辐射仪，让雷特罗能缩成适合的大小，以便适应玻璃球。而我将从此以后一直带着这个球，并保护它，好让雷特罗能在新的阿曼坡幸福地生活。这是我欠他的。

我将为王子画出他的兄弟姐妹，还有他最喜爱的火狼。但我也必须对阿曼坡做一番改造，因为雷特罗告诉我的很多东西都非常可怕，听上去并不是“幸福快乐直到生命尽头”这么回事。所以，阿曼坡不应该有恐怖的怪物，完全不会出现战争和饥荒，尤其是不会有施加酷刑的暴君。我兴许应该把他的狼也画成四条腿的，好让它在撒尿的时候方便点儿。但是在这个国家里也必须有那么一点点的危险，因为雷特罗毕竟是一位英雄嘛，他也得有机会展现他的英雄本色才行。但这应该不是特别大的危险，并不像在原本的阿曼坡那样血腥残暴。

时间已经到了深夜三点，我最后带着沉重的心情在雪花玻璃球中还画了一个人，一个最终将带给雷特罗幸福的人。我没有把她命名为菲萝仙。

## 37

当我背着一个吉他套子钻进班迪克斯的车里时，他吻了吻我的脸颊。盒子里装着魔法画册、雪花玻璃球和缩小辐射仪。我的男友——真不习惯这么称呼他——利用等待的时间思考了一番可以用这本册子来为世界做哪些好事。他想对我一一细述，但我却打开了“雷特罗定位仪”，说：“事要一件一件地做。”

定位仪把我们领到克洛伊茨贝格城区的一家俱乐部。到那儿之后，我再次让班迪克斯在车里等我，然后拿着吉他套子下了车走向大门。我越过吸烟区的人群和大门守卫往里面挤，音乐震耳欲聋，照明相当昏暗，如果不算上晃来晃去的镭射光束的话。在舞池的正中央，小甜甜正伴着电子音乐甩着她的金色卷发，活像是在某个洗发水广告里扮演主角。我本想不引起注意地从她身边过去，但她发现了我，叫了一句：“嗨！”

我思考了一番是不是赶紧画一个可以堵住嘴巴的东西，可她接着就说：“雷特罗可真会玩啊！”

我匆忙往小公主身后的舞池看了看，但却没见他在场。

“他喝酒也是棒棒的啊！”

真是好极了！

“接吻也很厉害……”

“他什么……很厉害？”

“接吻啊！”她灿烂地笑着。

又来了，我的嫉妒之心更甚以往了。

“别这么生气地看着我嘛，你这个扫兴的家伙，我又不是他唯一吻过的人。”

我的下巴都要掉到地上去了。

“瞧。”她大笑着指向舞池边上的一条长毛绒沙发——这玩意儿绝对是俱乐部业主从废品站里拉回来的。沙发上坐着雷特罗，正和腿上的一个女人疯狂地热吻。或者更准确地说，是和一位变性女士。那是在勃兰登堡大门给我们发传单的多洛蕾丝。

“雷特罗，”金发卷毛头大笑，“他真是很有尝试精神呐。”

我从她身边挤了过去，而她在我身后再次大声问：这个盒子是不是她乐队吉他手的。我没理会，走向沙发，挺立在雷特罗和多洛蕾丝的上方，两人都没发现有人来了，继续亲得相当热乎。我清晰可闻地咳嗽了两声：“咳，咳……”

这显然不够响亮，因为雷特罗仍然继续和多洛蕾丝瞎胡闹。

“咳，咳！”

依然不够响亮。

“咳，咳！”现在我都把舞池的噪声盖过去了。

“我觉得，”多洛蕾丝放开了雷特罗，“有人想跟我们说点什么。”

雷特罗抬头看过来。一看是我，他立即说：“但我不愿意听。”

“哦，”这女人笑道，“如果我是一个喜欢给鼻子补粉的女人，我现在会说，我要去给鼻子补个粉。同时我准备再要一杯龙舌兰酒。”

她从雷特罗的大腿上站起身飘然而去。

“你吃了迷幻蘑菇？”我有点担心地问雷特罗，但更主要的是愤怒，因为他这么放浪形骸。

“没有，”雷特罗回答，也没怎么看我，“这里的人服食了迷幻蘑菇的样子和阿曼坡的德鲁伊人吃了紫色银杏树的松球果的反应挺相似。”

他指了指那三个乐队成员，他们正盯着镭射光并试图用手去捉住光线。

“只不过，”雷特罗补充着，拿起自己的杯子盯着看，“紫色的银杏树从来都不存在，也从来没有过阿曼坡，万事皆空。”

我还从来没有见过有谁像他这样厌世。

“现在让我和多洛蕾丝单独待着。”

“她根本就不是女人。”我希望这条消息能吓退他。

“我知道。”他抬头看向我。

“你知道？”

“她向我承认，自己从前是个男人。”

“而你并不在意？”我很惊讶。

“没错，你也不应该介意。”他坚定地说道，看上去好像更加蔑视我了。这让我感到羞惭。我也是不介意的，只不过是想利用多洛蕾丝的性别问题来达到我的目的，而偏偏是一位来自幻想国度的王子给我上了关于世界大同、宽容待人的一课。

“你想知道，我为什么会吻多洛蕾丝吗？”雷特罗苦涩地问，一口喝干了他的酒杯，“还有芬娜？”

我猜，这是那位金发卷毛头的名字。

“还有蕾娜……”

“蕾娜？”我惊讶了。

“还有梅兰妮……”

他指向正坐在吧台旁边的两个年轻姑娘。我简直无法相信，雷特罗显然是在滥吻无辜啊。

“还有森姆拉……”

“打住，数得够细致的了。”

雷特罗站起身，有点摇晃地立在我的面前。他开口时，我闻到了他嘴里的威士忌味，他说：“和你，我有了一生中最美妙的吻，娜莉·奥斯瓦尔德。”

真的？

我的心怦怦作响，我的腿开始发软，而我的肚子里有一群蝴蝶在绕着圈子使劲地飞。

“但我的一生还不到二十四小时。实际上，你是我当时唯一吻过的女人……”

“而现在你想看看，是不是和别人会更美好一些？”我明白了。

“正是。”雷特罗确认道，又给自己倒了一杯威士忌。他到底从哪里弄到的钱买了一瓶酒？也许是多洛蕾丝请他喝的，或者是他也吻过了女酒保？都一样，比这个重要得多的问题我差点问出来：“那……那么……怎……”

“其他人的吻是不是比和你的那个更好？”

我点头。

雷特罗一口喝干酒杯。我再也听不见音乐了，只听见自己的心在狂乱地跳，跳得越来越快、越来越快。

“没有，没有哪个人的吻比你的更好。”

现在我也得喝一杯威士忌才行了。我把酒瓶子从雷特罗手里夺了过来，从邻桌拿了一个玻璃杯，倒了半杯酒后也一口气干掉。然后，我像刚从水里跳出来的狗一样摇晃着自己。我壮着胆子瞟了雷特罗一眼。他蔑视我，而更加蔑视的是他对我的感觉。我真的很想减轻他的痛苦，于是小心地对他说：“也许……也许和菲萝仙会不一样吧……”

“菲萝仙并不存在！”他冲我大吼。

“她存在。”我回答。

“别再把我当傻子玩了！”

“她真的存在，”我赶紧把雪花球从吉他袋子里掏了出来，“就在这里面……”

“我已经说过了，别再把我当傻子了！”

“你看看啊。”我请求他。

他当然不愿意看。

“你倒是看一眼啊！”我坚持。

“我不会再让你来对我发号施令了！”

如果雷特罗不是那么的一个好男人的话，我恐怕他会立即扇我一耳光。

“仔细看看玻璃球里面，”我毫不动摇，“只要你看了，我就再也不会骚扰你了——如果你看了后还是不想再见到我的话。”

再也不必见到我的这个前景让雷特罗有所意动。他拿过雪花球，朝里头看了一眼，发现，在一座名叫巴里乎的宫殿的庭院中，有一位美若天仙的公主在和她的侍女们玩皮球。

“菲萝仙……”他的手开始发抖。

“别摔了玻璃球！”我提醒道。

他又伸出另一只手，紧紧把球握住。

“你……你创造了阿曼坡？”他明白了。

“是啊，我还可以把你送进去。”

“它看上去是这么……这么不一样……”

“它确实不一样。这是一个你所爱的人不必受苦受难的国度，就连你的狼也有了四条腿。”

他看进玻璃球，发现自己心爱的火狼正在森林里嬉闹。

“这是一个……天堂啊……”雷特罗说。

“没错，它是一个天堂。”

“但它也并不是真实的……”

“已经够真实了。”

“至少不会比我更不真实。”雷特罗若有所思地说道。他扫了一圈俱乐部，观察着这个真实的世界，他想必意识到了：在这里他永远都无法快乐。

“你可以把我送进这个小球里去？”

“是的。”我回答。

“那来吧，动手吧！”他做出了决定。

我松了一口气，但同时也很伤感。如果雷特罗进到雪花球里去，我就将再也见不到他了。当然，除非我往球里看，但我大概不会这么做，因为谁知道会撞见他在做什么。我又不想做偷窥狂。

“你还等什么呢？”雷特罗问。一经决定，他就想尽快前往新阿曼坡。

“我们必须去一个没人能看见我们的地方。”我说，因为在大庭广众之下用辐射仪把雷特罗缩小并不是个好主意。我重新把雪花球塞进吉他套子里，把雷特罗拉在身后走出了俱乐部。我想了想是不是应该回汽车里去，但我很快就确定，有班迪克斯在场会让我的计划更加复杂。于是我们继续走过步态踉跄的人群、热吻中的情人和毒品贩子，一直走到一条僻静的小街。这里虽然臭气熏天（用雷特罗的话来说是像进了军队的茅厕），但却只有我们两人。我把雪花球和缩小仪从套子里拿了出来，给雷特罗解释了一番流程：我将用缩小仪把他变得非常小，接着他就可以通过我在玻璃球上画的大门前往新阿曼坡了。

“在你施法之前，我还想要确认一件事情，娜莉·奥斯瓦尔德。”

“是什么事？”我讶异地问。

“我想知道和你的那个吻是不是一个例外。它之所以充满了力量和情感，是不是只因为它是我的初吻。”

“那你想要怎么确认？”我紧张地问。

“再吻你一次。”

他向我俯了过来，而我则产生了内疚感。我和班迪克斯还是男女朋友，不应该去吻别的男人啊！

“这……这并不是个好主意……”我试图拒绝他。

雷特罗温柔地捧起了我的脸。我应该挣脱的，但我的感情却在辩驳我的理智，说：如果我吻王子的话，兴许对班迪克斯也是一件好事。而理智惊诧地问情感是不是丧失理智了。正相反，情感认为，和雷特罗的那个吻兴许只是因为肾上腺素和胺多酚才成为了一生之最。而我的身体也插嘴进来说：的确有一大批数量可观的激素奔涌而出啊！感情得到了身体的支持，继续辩驳道：如果和雷特罗的第二个吻比不上和班迪克斯的那个，那么对我俩的关系就一定有有益无害了！这样一来，每次和班迪克斯接吻的时候，就不会再惦记和雷特罗的那个绝妙之吻了，因为我知道：那个吻不过是因为身体自己释放的兴奋剂而造成的一个例外。

理智很惊诧，它还从来不知道感情能够这么有逻辑性地辩论，于是表示赞成：没错，正是，如果我现在背叛一下班迪克斯，这对他是很有好处的！

我的理智已经丧失了理智。

雷特罗的嘴唇覆上了我的，非常温柔。我回应了这个吻。它不像第一次那样狂野，但却更亲密无间，更充满爱意。当雷特罗放开我时，我明白了：我的一生之最并不是在铁轨上的那个吻，而是此时此刻、在这条陋巷里的吻。

雷特罗是否也有同样的感受呢？

我多希望是这样啊。

但同时又不希望是这样。

过了好一会儿，王子才回过神来，然后他久久地看着我。我真想问一句“怎么样”，但却一个字也没说出口。他从我的眼睛里看到了这个问题，说道：“这一次更加美妙了……”

我几乎要快乐得大哭起来。

雷特罗看向摆在我们面前地板上的雪花球。他是那么渴望着新的阿曼坡。

“这……是……”他吞吞吐吐，“这一定是因为那种名叫威士忌的酒水。”

这句话刺痛了我。但我明白，他现在不想要放任情感，这样就不会受到诱惑而留在我们的世界。因此，我很不情愿地说道：“是啊，绝对是因为威士忌的缘故。”

这么说是对的。对他更好，对我也如此。

雷特罗非常感激我赞同了他的话。

我心情沉重地把缩小仪指向他：“你准备好了吗？”

雷特罗点点头。

我按下了开关。雷特罗在我眼前缩了下去，站在地板砖上的他现在小得犹如一只蚂蚁。虽然天色很暗，我仍然觉得看见了他在朝我挥手。然后，他走进了那扇小门，永远地消失在了阿曼坡。

## 38

我捡起雪花玻璃球，想要看看雷特罗是不是赶到了巴里乎城堡、把他的菲萝仙拥入怀中然后快乐地抱着她转来转去，哪怕这会刺痛我。可这时，我听见身后有一个声音传来："哇，这些迷幻蘑菇可真是了不得啊。"

金发卷毛头全都看见了。值得庆幸的是，她从中得出的结论是错误的。

我跑回班迪克斯的车并钻了进去。

"事情都处理好了吗？"他一边问，一边启动了汽车。

我点了点头。

"但你显然并不想和我说一说具体过程。"

我没办法告诉他，我刚刚又体验了一个人生最美之吻，而且又不是和他。所以，我沉默不语。

班迪克斯没再追问，而是骄傲地宣布："我制订了一个万无一失的计划来拯救世界。"

这一下他抓住了我的注意力。

"如果我们想要消灭世界上的饥饿和不平等，碰到的最大问题会是什么？"

"不知道啊。"

"是如今的当权者。"

"这也要看是什么样的当权者。"

"绝大多数的当权者都不会是助力。而你的洗脑器让我想到了一个办法。”

“你想要控制他们的思想吗？”我很诧异，我原来以为班迪克斯觉得这些东西从道德上来讲是完全不可取的。

“这样的力量对于单个的人而言太强大了，”他仍然坚持自己的观点，“但我们可以创造一个能把善意与宽容放进他们心里的辐射仪。”

善意与宽容……这个主意可太妙了！

“我们当然不能直接拿着一个辐射器就出现在七国峰会上，”班迪克斯继续说着，“也没办这么去达沃斯世界经济论坛，又或者是沙特的王宫。”

“更不用说是基地恐怖组织的某个据点。”我补充道。

“即使我们能够借助辐射仪把一两个统治者变成善良人士，但其他的当权者会利用这一点来达成自己的目标。”

他有了这样一个绝妙的注意，却被证实是完全无法实行的。我的情绪低落了下来。

“别这么伤感，娜莉，”班迪克斯微笑着，“我不是跟你说过，我制订了一个万无一失的计划嘛！”

他的振奋情绪实在很有感染力，我很好奇班迪克斯要用什么办法来解决这一困境。

“我们必须想办法，”他解释道，“让全人类同时被善良射线击中。”

“这又该怎样办到？”

班迪克斯大笑：“我以为，007老电影你可看得比我多啊。”

“借助卫星？”我想起了《铁金刚勇破太空城》的情节。

“借助卫星！”

这个想法太绝妙了。我们可以画一个带着卫星的火箭，把善心辐射仪装在里头。等卫星一进入它的轨道，辐射仪就会用它的射线包围整个世界，而全体人类便能够幸福快乐地和平共存了。我们的地球将成为一个天堂。

“真是绝妙啊！”我欢呼起来。

“说得对极了。”班迪克斯谦逊地微笑着，同时又对自己的精彩创意颇为自豪。

“这么说，我们真的要拯救世界了？”我依然无法相信。

“我们将拯救世界。”他肯定了我的说法，我们俩欢快地大笑起来。

和雷特罗接吻了也好，没吻也罢，在那一刻，我对于自己和班迪克斯是恋人这件事欢喜极了。

## 39

我们开车呼啸着回漫画书店，想要继续为我们的计划做准备，说不定还会直接在后院里把卫星火箭发射升空。可我们一进书店，就碰到了三个我在兴奋不已之下差点忘记的人：摩尔和他的两个瑞典雇佣兵。

奥尔夫和多尔夫用手枪抵着莱尼和坏坏儿，这两人都跪在地板上。摩尔坐在沙发上翻阅着那本唐老鸭漫画《鸭子一家的北极之旅》，那是班迪克斯放在扶手上的。

“你这个卑鄙的东西……”我震惊地喘着粗气。

“嘘，”他嘘了一声之后，从漫画中抬起头来，“我还没看完呢。”

“这是谁？”班迪克斯低声问。

“嘘。”摩尔又更响亮地嘘了一声，瑞典人中的一个用行动表示了对这一要求的支持，他把武器指向了我们。于是我们沉默了，而摩尔继续看漫画。我看向莱尼，他时不时忧伤又担心地看向坏坏儿——就像一位想要保护自己女儿的父亲。而坏坏儿的表情更多的是怒不可遏而不是惊恐害怕。摩尔终于合上了漫画，说：“真是一部垃圾作品。”

我已经非常蔑视这个人了，因为他想要把地球变成地狱；但他把唐老鸭漫画叫作垃圾的这件事就让他一跃成了我的头号厌恶对象。

“一个关于某位毫无天赋而思想狭隘者的故事，出自毫无天赋的思想狭隘者之手，讲给毫无天赋的思想狭隘者们听。”

摩尔站起来，指向我很久以前挂在公告板上的“剩女”图画，主题是“不完美女士联盟”。

“这一定是你画的吧。”他轻蔑地断定，同时还咯咯笑了两声。

“没错。”我承认。

“说到天赋的话，你还真是抓了一手烂牌啊。”他奸笑。

“至少我不会像在场的某些人那样一天到晚炫耀自己的天赋。”我表示。

摩尔停止了奸笑，显得越来越冷漠、不近人情。“我们花了一点时间才找到了你。我们的人窃听了警察的通话，因为在这家书店的任务执行得很古怪，而对搜寻对象的描述也与你相符，于是我们就过来了。在长久的等待之后，如果能拿回我的所有物，我将万分欣喜。”

“我完全没打算这么做。”我回答道。

“那本书是他的？”班迪克斯很惊讶。

“无论如何都不可以让他得到那本书。”我声明。

“那么，”摩尔冷酷地问，“如果我会因此杀死你的朋友呢？”

他指了指跪在瑞典人面前的莱尼和坏坏儿。

“我……把那本书销毁了。”我急忙撒谎。

“这话谁会相信呢？”

“你会……”我勇气十足地回答。

“没有人会蠢到放弃这么强大的力量。”

“唉，我常常会蠢得无可救药。”

“这话我倒是相信，”摩尔说，“但能毁掉那本册子的人不仅要愚蠢，还要非常、非常高尚才行。而你却并非如此。你是一个像漫画里的鸭子那样思想狭隘的人。把书给我，不然我就让他们干掉你的朋友。”

莱尼看向地面，他知道，如果画册落入了坏人手里将会有多么危险，因此他也不愿意向对方求饶。坏坏儿就更不愿意了，她阴沉沉地看着摩尔。

“而你的男朋友我也会杀掉，”摩尔指了指额头上全是汗的班迪克斯，“用一种慢慢的、非常慢的方式……毕竟，我的手下都在大马士革受过训练。”

班迪克斯开始发抖。

“而你将观赏整个过程。”

“我把书给你。”我急忙承诺。

不然我又该怎么办呢？难不成要看着我的朋友们被拷打并且死掉吗？而旁观的我又能坚持多长时间呢？一分钟？两分钟？

“不要啊！”莱尼请求。

“我要给这家伙屁股上塞一个瓶子！”坏坏儿骂道，她当然心有余而力不足。

班迪克斯却像是丧失了行动能力。当我把书从吉他袋子里取出来递给摩尔，以此来挽救他的性命时，他并没有出言阻止。面对这样的威胁，谁又能责怪他呢？我是肯定不会的！不害怕酷刑的人，会主动出击。

“那么我们就告辞了，”摩尔坏笑着，把画册夹在胳膊底下，“但你的朋友们我要带走，以免你做出什么傻事。”

两个瑞典人重重地踢了踢莱尼和坏坏儿，让他们站起来。

“让我代替他们做人质吧。”我请求。

“我也可以这么做，”摩尔微笑，“但老实说，我无法忍受你的平庸靠我太近。”

如果是在数小时之前，这样的一种侮辱会让我深受打击，但面对摩尔将引发的世界末日，自我的受辱就不值一提了。这位恐怖的画家离开了书店，他的手下跟在后面推搡着班迪克斯、坏坏儿和莱尼从我身边走过。班迪克斯和我看了彼此一眼。我向老天祈祷，希望能让我见到这三个人活生生地回来。

摩尔、瑞典人和人质们坐进摩尔的加长豪华汽车绝尘而去，而我久久凝视着车子，哪怕它早已从视野中消失。此刻的我不知道该怎么办，除了绝望地等待着世界末日，还有狠狠谴责自己：我虽然曾有机会把世界改造成一个更好的样子，但没有相应的能力。我以为我，娜莉·奥斯瓦尔德，能够给这个世界带来一点影响，这真是可笑。我甚至以为自己能够拯救世界，这简直太天真幼稚了。我是没办法对抗摩尔和他的追随者们的。是啊，最终我不得不承认：我不是女英雄，不是哈利·波特，不是康妮丝·艾伯丁，不是《星球大战》里的芮。而世界之所以会完蛋，只因为我仅仅是我。

## 40

过了好一会儿，我才不再扒着窗户不放。从没有这样被击倒过的我蹒跚来到了沙发边，让自己倒了下去。我的目光落在了唐老鸭漫画上，摩尔刚才把它称作垃圾。那个家伙不仅仅是一个恶棍，更是一个势利眼。如果我无法打倒他，那至少要证明自己的品位比他的更好。这很荒唐，简直是幼稚，但当我把这本漫画拿在手里时，我觉得仿佛能对摩尔做出一点点的反抗了。而且，我需要把自己的注意力从对班迪克斯、莱尼和坏坏儿的担忧中转移出来。

我开始翻阅《鸭子一家的北极之旅》，当看到唐老鸭对堂兄古大鹅恼怒不已，并用一张假的藏宝图把对方忽悠到北极去时，我还是笑了出来。我觉得自己就和唐老鸭一样：当他被内疚折磨时，他决定前往北极拯救讨厌的古大鹅。而当他和侄子一起对抗了北极熊、大风雪和冰暴之后，却被古大鹅欺骗并抛弃在北极时，我和他们一起颤抖。而最后，当唐老鸭在侄子的帮助下不仅克服了寒冷，甚至还迎来了大团圆结局时，我也一起开心。

唐老鸭。

暴脾气、懒惰、胆小。

在方方面面他都失败极了。

不管是赚钱、爱情还是生活。

这是一只和你我一样的鸭子。

尤其是和我一个样儿。

但他爱着自己的侄子，当情况危急的时候，他也会非常勇敢。

班迪克斯说得不对，唐老鸭并不是一个庸俗的小市民，而摩尔就更不对了，唐老鸭也不是思想狭隘的人。为自己的家人甘冒生命风险，这到底哪里庸俗市侩，哪里头脑狭隘了呢?

没错，我永远都成不了哈利·波特，成不了康妮丝·艾伯丁或者是《星球大战》里的芮。他们都是英雄角色，并不适合给真实的人做榜样。

但我们大家都是唐老鸭。

我们错漏百出。

我们惊恐、自私并且冲动。

也就是说，我们任何人也都可以成为唐老鸭那样的英雄。

甚至我也可以。

如果唐老鸭能够从冰天雪地中拯救古大鹅，能从兄弟大盗的魔掌中解救自己的外甥们，并且能从高老巫婆手里夺回舅舅麦老鸭当年亲手赚到的第一块钱，那么我也没有理由放弃。

重新鼓起勇气的我从沙发上站起身来。即使没有计划，但我至少还有缩小仪。它说不定能帮助我战胜摩尔和他的打手们。我打开袋子，目光落在了雪花球上。

雷特罗。

把他送走真是一个错误，如果有他在我身边，也许在刚才就已经解决掉摩尔了。

我应该向雷特罗求助吗?

把刚刚才重新找到幸福的他再从阿曼坡拉出来，这样肯定不对。可话说回来，我难道不该尝试用一切办法来拯救世界并且也需要一切助力吗？除了他还会有谁来帮助我呢？又有谁会相信我的故事？政府不会，警察不会，带着铝箔帽子的阴谋论者恐怕也不会。

雷特罗大概是唯一一个会帮助我的人。有他在，我从摩尔手中拯救班迪克斯、莱尼、坏坏儿乃至整个世界的微小机会将会变得稍微大一点点儿。

有了决断之后，我把缩小仪对准了自己。这种感觉就像是坐着电梯呼呼下落的同时又被一台垃圾碾轧器压成了一团。当“下坠”结束而压力减缓时，我就站在了破旧地毯的长毛中间，从我的角度看过去，它们就像是蔫掉的树木，闻起来有一股发了霉的咖啡味。前两天，莱尼在这个位置不小心弄洒了自己的咖啡。由于他坚信，东西都是可以自行风干的，所以一直没打算清理地毯。过了几天，气味就消散了，不过这只是对正常人那远离地毯的鼻子而言。可站在地毯的长毛中间，味道简直臭得可怕，我用手捏住了鼻子。

在我面前的是那个雪花球巨大无比的穹顶。我穿过毛毯的丛林来到我画在球上的那扇雄伟的橡木大门前。门是开着的，我迈步走进了阿曼坡的奇妙世界。

## 41

我踏上了一片生长着翠绿的青草、开满了五彩鲜花的草地。这番景象比我所见过的任何风景都要更美丽迷人，不管是斯布利的森林还是托斯卡纳的丘陵，抑或是冰雪中的菲尔德山都难以比肩。阳光温暖着我的肌肤，鲜花散发出让人迷醉的芳香。我真想马上躺到草地上，闭上眼，享受这一切，但我自己的世界就快要毁灭了，于是我克服了自己想要偷懒的渴望——正像唐老鸭在他的冒险旅程中经常做的那样，踏上寻找阿曼坡王宫的路。因为从这片草地上没办法望见宫殿，而我的手机上也没有“阿曼坡地图”之类的导航软件，于是我决定找个靠谱点儿的人问一问路。有意思的是，这位“靠谱点儿的人”竟然是一棵心情愉快的大树，它从一片绿色的山区上向我蹒跚而来。

在一般情况下，我一定会因为这棵树会散步而惊讶不已，可眼下的情况实在不能说是“一般”。于是我走上前去问路，自然得就像在柏林街头向路人询问哪个地方怎么走那样。“打搅了，这位先生，您能不能告诉我，阿曼坡王宫在什么地方啊？”

“啊，您一定是想要去参加节日庆典吧！”这棵开心的大树向我友好地微笑，一只小巧的、长着彩虹羽毛的鸟儿从它的枝丫上飞落下来。我说的“彩虹羽毛”并不是指小鸟的羽毛是彩虹般的五颜六色，而是说它身上有一条小小的彩虹取代了羽毛。

“这是个什么节日？”我想知道。

“是月牙儿圆圆节啊。”开心树解释道。

“听上去像是个要开怀痛饮的节日。”我忍不住咧嘴笑起来。

“不然的话，弯月牙儿也圆不起来啊，”开心树也欢快地报以笑容，“当这天快结束的时候，节日的名称也是会被喝醉的人们改掉的。”

“改成什么？”

“月月月儿圆圆圆。”大树欢乐地吐出含混的字眼。

我忍不住大笑起来。尽管很担心自己世界的情况，但阿曼坡仍然能让我感受到欢愉。

“但这个节庆最好的地方就是，它每个月都会举办一次。”

没错，阿曼坡的人显然很懂得什么叫作痛快生活。

“但像今天这样的庆典，”开心树用身侧的树枝神神秘秘地遮挡着自己的嘴，像是要偷偷告诉我一个秘密，“却是独一无二的。”

“这是为什么？”我好奇地问。

“一方面是因为，阿曼坡的大街小巷都将成为大型赛猪会的场地。”

“哦……”

“这场赛事可是比小猪投掷大赛、扛着女人赛跑以及单腿踢踏舞马拉松更加举足轻重。”

“好吧……”

“而另一个原因嘛，”开心树更开心了，“就是雷特罗王子今天要和他的菲萝仙小姐结婚了。”

“他要干什么？”

“雷特罗·冯·阿曼坡要和他的菲萝仙小姐结婚啦！”

这就像是往我肚子上狠狠揍了一拳似的。我承认，我原来是希望雷特罗在这里过上幸福的生活，没错，我还给他画了一个傻乎乎的菲萝仙，但我觉得他至少应该为了我再多伤心几天嘛。几个月也行啊。几年的话兴许就有点夸张了，但也没什么不可以的嘛。

婚礼这个消息带给我的疼痛远甚于看到雷特罗和那位小甜甜公主在一起。

我无论如何也要在雷特罗说出“我愿意”之前拦住他，虽然并不知道他会不会再次陪我回到我的世界，和我一起对抗摩尔。可如果他结了婚的话，他大概会为了新婚妻子而留在阿曼坡的吧，至少也不会在新婚之夜就让新娘独守空房。可我是没办法等上一整晚的，摩尔肯定不会扭捏着不好意思动手，他会很快会把世界变成属于自己的地狱的。

“好吧，好吧，好吧，”我试图振作精神，“那现在怎么走可以用最快的速度到达王宫？”

“这个很容易……”开心树笑起来。

“这个可并不容易！”我听到一个低沉的声音在嘟嘟囔囔，于是朝山丘上看过去，在离我们大概十五米远的地方站着另外一棵树，脾气显然比它的同伴要差一点儿。

“不要理会芦笋干，”开心树笑道，和我一起走向那棵坏脾气的家伙，“它对生活的看法总是有点儿消极。”

“我和你是不一样的，我没办法动弹呐，”芦笋干骂道，“如果碰上下雨，你可以躲到别的树下面去，如果有洪水冲过来，你可以直接走掉，如果有小鸟把你当成厕所来用……”

“总是老生常谈，”开心树打断了对方，“你总是抱怨个没完没了。”

“她是绝对赶不上婚礼的，”芦笋干牢骚满腹地说，“尽管她有脚。”

“为什么赶不上？”我问。

芦笋干解释说：“就算你不被天灵灵巫婆抓去做成抗皱面霜，就算你在第七海洋中没有落入爱唱歌的海盗之手，就算你在遗忘沙漠里不会忘掉自己，你还是面临着一大问题。”

“还有问题？”它说的前三个问题就已经很够呛了。

“没有邀请函的话，你是永远都进不了王宫的。”

我看向开心树，希冀着能从它那里得到一些有建设性的消息，但它只是微笑着耸了耸树枝：“芦笋干说得也许有道理，的确不是特别容易。”

这一下我觉得开心树的微笑和芦笋干几乎同样让人火大。继续和这两位说下去是不会有什么帮助了，于是我迅速和它们道了别，动身上路。除此之外我还有什么选择呢？

这应该会是一趟丰富多彩的旅程。但是，正如我父亲在我母亲偶尔做一顿印度菜时常说的那样：丰富多彩并不一定就是好事。

## 42

一离开那两棵树和美丽的小山丘，我就看见，在一片空旷的田地上有一座高塔，和它相比，比萨斜塔可以堪称是一座搭得四平八稳的大师级巨作。

当我走得近了一些之后，我看见烟囱里有蝙蝠冒出来，大门的门环是骷髅脑袋做成的，而周围的植物统统都枯萎殆尽。我觉得，这一切都说明，我应该远远地绕开这座斜塔才行。可这时，我已经听到了一声疯狂的大笑，紧接着就从烟囱里飞出一个骑着扫帚的巫婆径直朝我冲来。这一定就是芦笋干提到的那个巫婆天灵灵了。

巫婆笑得就像是一条在全速冲刺的鬣狗，在我还没来得及看清时，她就一把揽过了我的腰，把我扔到她身后的扫帚上，然后带着我嗖嗖地在空中飞过。我拼了命地想用自己惊恐的尖叫声来盖过她的疯狂大笑，与此同时，我们已经飞进了烟囱，径直飞进了巫婆的厨房——阿曼坡烟囱清扫工会的人显然已经有很长时间没来打理过她家的烟囱了。当我们着陆后，从扫帚上下来的我咳得喘不过气来；当我把眼睛里的烟囱灰擦干净之后，我终于可以看清楚天灵灵了。她丑得让我恨不能重新把烟囱灰再揉进眼睛里去。

“我将要偷取你的青春！”女巫大笑着宣布。

如果我不是那么害怕的话，我大概会回答：这一任务早就被亚斯帕、卢卡斯、拉斐尔和班迪克斯干完了。

“我很快就会变得比从前更美了。”她很享受地咯咯直笑。

对于这番话，我很想回答说：你还不如直接拿个塑料袋套在脑袋上呢。

“我将要把你烘干，然后再把你的骨灰做成烟来抽！”

这话听起来真让人恶心，对我们双方都是。但对我而言要恶心得厉害一点。

巫婆开始用手变出火球，想必马上就要朝我扔过来吧。我没有去想，如果在我的立场上，哈利·波特、康妮丝·艾伯丁和芮会怎么做。现在的我已经明白了，自己并不是这一类型的英雄，另外，也没有哪个普通人能像这些人物那样英勇。我此刻思考的是：唐老鸭在这个时候会怎么做呢？

它要做的也正是我要做的事：一边尖叫一边跑动起来躲避火球！

于是我在天灵灵的厨房里跑来跑去，而她则不停地把火球扔向我的方向。一个、两个、三个、很多个！太多太多个了！火球没有击中我，却烧着了架子、书本和猫爪做的符咒。

“站住别动！”巫婆尖叫。

“我站得好好的呢！”我尖叫着回答。

慌乱中，我寻找着能够让自己逃出去的门，但遍寻不着。这个丑陋的老巫婆显然只用烟囱来进出——这倒是挺实用的，因为可以避免有人上门来传教或推销。也就是说，如果我想从这里出去，就需要她的扫帚。但我忙着躲避她的火球还来不及呢，又哪里有办法接近飞行器呢？幸好，天衣无缝的计划并不符合唐老鸭式英雄的风格，“避其锋芒”才比较吻合，毕竟，唐老鸭名叫唐老鸭，又不是唐超人。这时，巫婆又向我扔来了一个火球，而我则缩在一块大大的银色镜子后面“避其锋芒”。一开始，我担心镜子的玻璃没办法承受住火球，但让人惊讶的是，火球就像是壁球一样被镜子弹了回去，并且径直飞向天灵灵。那婆娘还在尖叫：“我恨死魔镜了！”而火球已经点燃了她的巫婆长裙。

当天灵灵一屁股扎进水缸里上蹿下跳时，我迅速从镜子后面跳了出来，一把抓过了水平悬空的扫帚坐上去，在巫婆的咒骂声中飞出了烟囱。

我坐在女巫扫帚上嗖嗖地飞越了阿曼坡的森林，来到了一片异常碧蓝的海域，这一定就是芦笋干提到的那个第七海洋了。这个时候的我终于找到一点哈利·波特的感觉了——我现在特别想参加一场魁地奇比赛，奋勇追猎金飞贼。但正当我在想自己一直都不太明白的魁地奇的比赛规则时，扫帚突然开始磕磕绊绊，最后完全失去了动力，急速下落。显然，它的魔法汽油或者其他什么动力能源已经耗尽了。我掉得越来越低了，扫帚颠簸的样子就像是飞机遇上了气流，而方圆一大片地方完全看不到陆地。只有一艘老旧的帆船，上面插着海盗旗。除了传说中爱唱歌的海盗还能有谁啊！

我也清楚，海盗并不会对偷渡人员特别友好。我还有一个选择就是降落在水上。跑步已经不是我的长项了，而我的游泳技术就和我去弹一架斯坦威钢琴时一样——说白了就是游不了几步。另外，我还害怕这片海水中生长着不明生物。

于是我把扫帚对准帆船，险险地来了一个紧急着陆。海盗们有的正在磨刀，有的在刷甲板，有的在喂鹦鹉，而此刻，他们全体惊诧地看向了我。船长把左眼的眼罩推了上去，想要好好把我看清楚。然后，他带头起了个调："咪咪咪……"

其他的海盗跟着他吊起了嗓子："咪咪咪……"

船长用他的木头假肢在甲板上踏起了节拍，而全体船员开始放声高歌。大家的热情之高无与伦比，嗓门之大无与伦比，跑调程度也同样无与伦比。只有那些对自己天赋的欠缺毫无所知的人才会干出这种事情（顺便一提，这样的人也总是让我很羡慕，能够热情满满、丝毫不怀疑自我地去做一件事，这该是多么美好啊）。

与海盗们完全跑调的歌声相比，我更加不满意的是他们的歌词：

绞肉，绞肉，人人都爱绞肉，
正是这个缘故，人人都爱你！

海盗们把他们的马刀、匕首和铁爪摇来晃去的这番景象也没有起到任何安抚的作用。

这一次，我没有使用“逃跑”和“躲避”这两个选择项，海盗船以外的地方是一望无际的水域。所以，我必须运用唐老鸭的另一个技能——把牛从天上吹下来！

“我的歌唱得可比你们好多啦！”我冲着海盗们大喊。我受不了他们把对付我的计划唱得那么生动形象，我打算通过炫耀自己来引发一场唱歌比赛，这样我至少能赢得一点时间。谁知道呢，说不定还真的有机会逃跑。

海盗们猛地停了下来，海盗头目走上前来，用嘎嘎的粗嗓门问我：“你打算从我手里接过船长的位置？”

“呃……什么？”我惊讶地问。

“任何在赛歌大会中赢了船长的人，将会成为新船长，这就是我们的传统！”

好吧，我想，有很多传统都挺傻气的，多这么一个又算得了什么呢？对我而言，这甚至意味着活命，但是我得先赢得比赛。

“那比赛规则是怎么样的呢？”我充满希望地问。

船长迈着他的木头腿走向我，重新把眼罩又盖回去，用没被遮住的那只眼睛盯着我，而那只刚刚饱餐过的鹦鹉正在他肩头休息、消食。他说：“你唱出一首歌的重唱句部分，如果我没办法学着唱的话，那你就是船长了。”

“而如果你能学着唱呢？”我谨慎地问。海盗们用歌声回答了我：

> 肉泥，肉泥，人人都爱肉泥，
> 正是这个缘故，人人都爱……

“已经听明白了！”我打断了他们，开始疯狂地搜寻歌曲。要跟着唱副歌部分的重唱句子并不难，一点儿也不难。也就是说，船长绝对会赢。除非……除非，我能够想出一套让他永远都不愿意在他的手下面前唱出来的歌词，因为唱了就会被大家嘲笑。可以是一首描述自己有多么喜欢穿裙子的歌曲……

不行，打住！从雷特罗身上我已经了解到，阿曼坡的人明显比我们那个世界的很多人都更为宽容。船长可以轻松地唱这一类的歌，因为他的船员们不会嘲弄他的。

“我还等着呢！”船长抱怨道，一边沉不住气地用他的木腿刨着地，“而我不会等你太久，如果你不马上唱的话，我们就把你扔进水里去喂弗拉奇！”

弗拉奇这个名字虽然听起来有点可爱，但是潜意识告诉我，和弗拉奇一起游泳绝对不是一件赏心乐事，于是我重新思考起唐老鸭来。我想起鸭子家族的故事，故事里的唐老鸭出色地完成过五花八门的工作。有时是理发师，能变化出充满艺术感的发型；有时是特技飞行员，能飞出最精妙的急速回旋花样；有时是蝴蝶收藏家，可以用拉丁语说出任意一个蝶种。我还想起了唐老鸭在做博物馆看守员时想要对每一个恐龙陈列品进行分类的情景，这让我想出了一个救命的主意。我于是唱了一段海盗们绝对不会理解，因此也就无法跟着唱的歌：

“我的心，在疼痛，
如果我是三角龙，或是头古角龙，抑或是厚头龙，
那我就不会痛得轰隆隆。”

船长的反应和我预料中的一样，他说：“啊？”

“我可没有唱‘啊’这个字哦，”我赶紧指出，“你输了！”

“新船长万岁！”海盗们为我欢呼起来。前任船长还想要抗议几句，但水手们对他唱了起来：

弗拉奇优秀至极，弗拉奇力大无比，弗拉奇让死亡成为乐趣。

投入冰冷的水里，带着海藻的香气，弗拉奇让死亡成为乐趣。

海盗把他们的前任船长抬了起来。这时鹦鹉醒了过来，飞到船桅上继续睡觉，显然对它主人的命运一点儿也不感兴趣。船员们把船长抬向船舷，要把他扔下船去。在我们的世界里，尽管有很多职员也想对他们的老板做同样的事情，但我还是觉得这种方式实在太极端了。我命令海盗们把前船长放下来，让大家原谅他，并给他在船上的厨房里找一点活儿干。他们闷闷不乐地照做了，而我破坏了他们的乐趣。但前船长很感激我，并用颤音即兴唱了一首歌，大意是，善良的心比第七海海底的所有金币都更为可贵。而船员们回了一首歌，意思是，

善良的心顶多就值半枚金币的价钱，而他们始终更愿意别人支付给他们钻石。很显然，我的船员对我宽宏大度的行为不屑一顾，而用不了太久，他们中将会有人来向我发出赛歌挑战。所以在此之前，我们应该尽快赶到陆地才行。于是我命令手下们用最快的速度驶往岸边。

两个小时之后，我让船员们在海岸将我放下。奔走了还不到一公里的路程，我就来到了遗忘沙漠，就是之前芦笋干提到的。

刚走了几米，我就已经感受到了遗忘的甘美。忘掉一切的痛苦，这该有多么美妙啊？忘掉我那颗反复破碎的心、忘掉我矛盾的情感和对自我的怀疑，还有对摩尔式恐怖未来的害怕。

我当然明白，遗忘沙漠不仅会拿走旅人的痛苦，也会带走他们对所爱的人和对人生中重要经历的美好回忆。最终还会忘掉自我，在不知道自己是谁的情况下悲惨地渴死。

哈利·波特那样的人能用自己的意志力克服这个沙漠，芮可以借助体内强大的原力，而康妮丝·艾伯丁会用她的弓箭一举击中那棵散发出遗忘芬芳的仙人掌，让它失去效力，而唐老鸭则大概会把嘴狠狠插进沙堆里，因为它在疯癫中把沙堆看成了泉眼。但唐老鸭不仅仅只会闹笑话，它也会做出一些让人意想不到的英勇事迹来拯救心爱的外甥们。不过，因为这是一片遗忘沙漠，在离开之后，所有鸭子又会全都忘记这些英雄行径，继续把唐老鸭看成一个失败者。

我也碰上了类似的情况。我从沙漠里走了出来，但刚刚踏上绿地，我就已经忘记了自己到底是怎么办到的。唯一留下的旁证是我不知出于什么原因把一个沙漏扣在了自己的额头上，显然它帮助了我在沙漠中生存下来。具体是怎么帮的，我并不知道，而且我也不觉得自己需要回过头去追寻沙漏的秘密。

我扔掉沙漏继续前往阿曼坡王国的都城，都城的名字没太多原创色彩，它就老老实实地叫作“阿曼坡城”。都城的城郊是红灯区，提供各种相当有创意的情爱服务，使用的道具包括鸵鸟羽毛、草莓冰激凌，还有热乎乎的巧克力甜酒等等。和我们世界里的那些窑子相比，这些服务看上去更加疯狂，但也更加温柔。

因为要举行月牙儿圆圆节，城区里面的人多得就像是里约热内卢开狂欢节时的样子。大批的艺人活跃在街头，用各种节目娱乐大众，有表演吞剑的、吐火的，有魔术师和驯兽师。驯兽师让自己的神奇动物们表演着精彩的艺术节目，其中有跳跳瞪、独角毛羊，还有约普尼克，等等。乐手演奏着欢乐的旋律，人们随着音乐载歌载舞。遗憾的是，大家唱的歌并没有比海盗唱得更优美。

在主干道上，人们高声喊叫着，因为赛猪大会正进行得如火如荼。七名骑手骑在嗤嗤哼哼的、被刷成蓝色的大肥猪的背上疾驰在大街小巷，一边拎着火腿试图把对手们从鞍座上揍下去。

是啊，整个阿曼坡都在欢庆雷特罗王子和菲萝仙公主即将到来的婚礼。除了我……我是无论如何都要阻止这场婚礼的！

这时，我已经可以越过城区的屋顶看到王宫的高塔了。也就是说，我离目的地不太远了。这很好，因为长途跋涉让我的袜子都快能熏死人了，而我的腿也隐隐作痛。突然间，从王宫传来阵阵钟声，我刚刚松下的那口气又被惊慌取代。钟声只意味着一件事：婚礼马上就要开始了！

“去王宫要走多远？”我急急地问身边的一位年轻英俊的、把身体扭成一团乱麻的蛇人。

“走路的话大概要二十厅。”他友善地回答道。

“厅？”我惊讶了一下，但马上又猜到，这一定是一种时间单位，“换算过来的话是多久？”

“一个厅正好是两又四分之三的群。如果是夜里，那么就是两个半群。”

我虽然也可以追问一句为什么，但我很清楚，他的答案是帮不上忙的。

“只有在神圣的一丝不挂节那天才会不一样。”蛇人微笑着说，把手在腿上又绕了一圈。

“一丝不挂？”

“就是裸露之神‘一丝不挂’呀，”蛇人笑容灿烂，完成了身体的绕圈打结工作，“在他的节日里，人人都会光着身子走上大街，忘记一切时间。在上次一丝不挂节的最后一天，我遇到了一位美若天仙的金发女郎，我们相爱了整整一夜。你知道吗，我们蛇人可以通过很多的方式来让女人快乐……”

“这个信息量对于我显然太大了。”我打断了他。

“后来她走了，因为她和别人订下了终身，”这个人形乱麻突然之间难过起来，“遗憾的是，她没有告诉我她的名字。”

我大概永远都不会弄清楚，两个半群或者二十个厅换算成分钟后会是多长时间。因为钟声渐渐停了下来，知不知道时间已经无所谓了。如果走路的话，我大概是没办法及时赶到王宫的！那么，我只有一个办法了。我告别了蛇人，跑向赛猪大会的颁奖典礼现场。冠军是一名小个子男人，看上去就像是一枚冰球赛里用的那种橡皮球。当他在人群的欢呼声中举起一个长得很像火腿的金杯时，我偷走了他那头蓝色的猪。

在观众们愤怒抗议的咒骂声中，我骑着蓝猪走街串巷奔向王宫。这头笨猪看上去像是在过去很长一段时间吃了一大堆违禁食品，驾驭起来难度极高，所以，我不停地对着人群大喊：“让开路！别挡道！”

或者是，“哎呀，抱歉啊，我也不想的！”

王宫终于出现在我眼前，而笨猪驼着我疾驰着冲向宫门。倒霉的是，门是关着的。于是我对着猪耳朵大叫：“停下！”“别动！”以及“我恨你！”

什么都阻止不了这头蓝猪用脑袋去撞坚实的木门。我只有希冀着在最后一刻会有奇迹出现，大门会豁然敞开。但正像在绝大部分情况下一样，这一次也没有发生奇迹。笨猪真的用它强劲的脑袋撞穿了大门。碎木块擦过我的耳际，而我差点从鞍上被甩出去。蓝猪晕晕乎乎地蹒跚着走进王廷，脑袋上已经冒出了一个巨大的包。大概走了二十米后，它轰然倒地。在它四脚大张地昏睡过去之前，我及时从它背上跳了下来。我周围是白色的石子儿，而停在我面前的正是雷特罗那擦得雪亮的靴子。他穿着一身白色的礼服长袍，站在他对面的菲萝仙穿着一身仿佛来自小姑娘梦境中的婚纱，在两人面前还有一名穿着袈裟的胖和尚，后面站着的是雷特罗的兄弟。在这个新的阿曼坡城，他们不必经受严刑拷打。这群人周围站着婚礼的来宾，有骑士，也有宫廷贵妇。面对这样一群人，哪怕我没有被晃晃悠悠的猪甩下来，也会觉得很不自在。王子惊诧地看向我，问：“娜莉……娜莉·奥斯瓦尔德？”

“是我……”我结巴着，一边挣扎着起身，“真的是我。”

雷特罗沉默了，沉默了很久，然后他努力抑制住怒火说：“滚。”

这一刻我发现：说服雷特罗将是所有考验中最艰难的一关。比从天灵灵的巫婆塔中逃出更难，比跟爱唱歌的海盗赛歌更难，也比从遗忘沙漠找到出路更难。这里无关战斗、无关手段、无关机智，而在于情感。如果关系到情感，那么唐老鸭式的应对方式是绝对帮不上忙的。

## 43

“我已经说过了，滚！”雷特罗重复了一句，眉头愤怒地拧在了一起。看样子他很想把我远远地扔出去，高高地丢过宫墙，丢出阿曼坡城，丢过遗忘沙漠和大海，让我重新回到我的世界中去。

“你认识这个女人？”菲萝仙用一种像芦笛一样悦耳的声音问道。可不管菲萝仙的声音是如何动听，美丽的公主仍然很不高兴有人扰乱了她的婚礼。

如果碰上了雷特罗的这种情况，我们世界的很多男人会撒谎说从来没见过这个女人。亚斯帕当年也只是匆匆介绍了一下他那位医药学女朋友，至于他一连数周以去健身房为借口在对方家里进行着另一种形式的体能训练，他则很明智地选择闭口不提。

但雷特罗不是亚斯帕，他不想欺骗菲萝仙。不过，他也并不想向公主汇报我们接吻的事。于是，他把我拉向一旁，跨过那只昏倒在地的蓝猪，走过因婚礼中断而震惊并交头接耳的宫廷贵妇以及高贵的骑士们——不少骑士正在吩咐侍者把葡萄酒端上来。

“你想要干什么，娜莉·奥斯瓦尔德？”一到没人能听见的地方，雷特罗便严肃地问道。

“我的世界需要你的帮助。”

“它已经无可救药了。”王子回答。虽然我们中的很多人对世界的普遍现状也抱有同样的想法，但我却不能放任不管，我要阻止摩尔制造世界末日！

“我知道，我来得不是时候……”我扬声说道。

“不是时候？不是时候？我正要结婚啊！”

“是啊，而且你真的很等不及了呢！”

雷特罗察觉到我很受伤，于是稍微克制了一下自己。“这是我的新的人生。”

有自己的宫殿、自己的王国和一位公主的人生。我以为这一切能让雷特罗幸福，我是那么希望他能拥有美好的生活。但是，他看上去似乎一点也不幸福，这不仅仅只是因为我刚刚破坏了他的婚礼。

“你觉得这里美吗？”我小心地问。

雷特罗没有回答。

“你喜欢自己的新生活吗？”我又试了一次。

“我已经理解你问的问题了。”

“但你还没有回答。”

王子若有所思地看向菲萝仙和婚礼的宾客——宾客们现在真的开始喝酒了。几名士兵正叫苦不迭地把昏倒的肥猪从庭院中拖出去。

“我是被作为王子创造出来的，所以，我的使命就是做一个王子。”

“这并没有回答我的问题。”

“我是一个王子。”他再次避开了话题。

“你真的想做王子吗？”我问，心里想起莱尼问坏坏儿是否真的想要做坏人。

雷特罗再度沉默了，这一次沉默的时间更长，他的怒火完全不见了踪影，但却显得一秒更比一秒脆弱。最后，他难过地看着我说：“我不知道自己想要什么……”

这种感觉我太清楚了。

“我有生以来，只有两个时刻会让我毫无困惑、满心确信。”

“是……哪两个？”

雷特罗盯着我的眼睛："当我们接吻的时候。"

这个回答像是给了我一击，原来他的感受和我是一样的。因为在那些时刻，我也是满心确信的，哪怕和班迪克斯接吻，感觉依旧不同。

现在我很想再吻一次雷特罗。可是我能吗？在他的婚礼上？而且我已经和班迪克斯在一起了。

雷特罗渴望地看着我，他也非常渴望吻我。但他和我一样都在和自己做着斗争，他心里有一部分仍然相信自己必须过王子的人生。他没法像坏坏儿放弃当坏人的念头那样立刻丢掉这个想法。因为，如果雷特罗放弃这个想法而当场吻我的话，他将失去菲萝仙以及所有臣子的尊敬（此时此刻，臣子们已经在问，能不能先上一道夹心犀牛耳朵填填肚子）。届时，他就只有我了。而有谁会愿意让自己的人生完全依赖着唯一的一个人呢？何况偏偏还是我这样一个人！

当我还在和自己争辩，如果我采取主动会不会对他不够公平时，有人为我们做出了决定。

"你吻过她？"菲萝仙公主问，她一直藏在一棵棕榈树后面偷听我们说话。虽然她的裙摆只被树干遮挡了一小部分，但我们还是没能发现她，我们太过于专注彼此了。她生气地走向我们，"你吻了这样一个普通平民？"

"这个，"雷特罗避而不答，"她也不能说是那……那……那么普通吧……"

多谢，我暗想。

"你到底吻没吻过她？"

雷特罗考虑了一会儿，深深吸了口气，然后决定说出真相："没错，吻了。"

菲萝仙像是受了一记重击，踉跄了几步，然后用手捂住了脸。她一定会马上放声大哭吧，又或者晕死过去。也可能是先大哭，再晕死。

“菲萝仙……”雷特罗觉得很内疚，笨拙地向她走近了一步，想要安慰她。但在他触碰到菲萝仙之前，用手捂着脸的菲萝仙咯咯地笑出声来。

老天爷，她是疯了吗？！王子因为别的女人背叛了她，而且还被这个女人搞砸了她的婚礼，这样的痛苦对于菲萝仙而言终究太大了。

“感谢一丝不挂！”菲萝仙笑道。

“一丝不挂？”雷特罗和我都懵了。

“就是光裸之神啊。”菲萝仙继续大笑，拿开了捂住脸的手。

“我知道光裸之神是谁。”雷特罗恼火地说。

“那你问什么啊？”菲萝仙呵呵笑着，看上去没有半点疯狂的模样，倒有点像是……得到了解脱。

“你为什么要感谢他？”

“因为我在上一次节日里为了表示对他的敬意而吻了一个男人……”

“你吻了一个男人？”

“不是随便的一个男人。”菲萝仙荣光满面，两眼灼灼。

“是个骑士？”

“不是。”

“难道是个魔法师，对你施了巫术？没错，一定是这样的，不然你又怎么会去吻一个陌生人呢？”

“他也不是魔法师。”这姑娘摇摇脑袋。

“难不成是夏日皮毛公爵超强・硬汉？”

“不是。”

“别告诉我，是催眠师施尔洛。”

“不，不是施尔洛！”

“感谢消灾之神！”

“他是一个蛇人。”

哦，我暗想，如果她说的蛇人是我以为的那一个的话，那么菲萝仙做的事可远远不止接吻啊。

“一个蛇人？”雷特罗现在目瞪口呆，“你为什么会吻一个普通平民啊？”

“你也吻了一个普通平民啊。”菲萝仙反驳。

“这可不一样！”

“有什么不一样呢？”

我现在也好奇起来。

“因为……因为……”雷特罗搜寻着答案。

“我就知道嘛。”菲萝仙获胜般地说，而雷特罗羞愧地看向一旁。

“你一定也和这个女人做爱了吧，”菲萝仙指向我，“就像我和蛇人一样。”

“你……你和那个蛇人做爱了？”雷特罗结巴了。

“完全正确！”回忆让菲萝仙容光焕发。

“你为什么不把自己留给我呢？”

“那可是一个蛇人呐，哪里拒绝得了啊？”

“他到底有什么是我没有的？”

“这个嘛，他非常灵活。”

“灵活？这是什么意思？”

“他的臂膀和手掌可以到达身体的任何位置……噢，我的天，首先是他的舌头……”菲萝仙完全沉浸在自己的回忆里。雷特罗面红耳赤，而我也有一点脸热，“而他的命根子是真真正正极其的灵活……”

“够了！”雷特罗大叫。

我再赞成不过地点头附和。

“我也是这么对他说的，”公主却继续陶醉，“但他始终停不下来……持续了整个节日的时间……”

自己的新娘在回忆中变得热血沸腾，这番景象让雷特罗忍无可忍。他转向我，宣布道：“我跟你走，娜莉·奥斯瓦尔德！”

“这是不是说，”菲萝仙充满希冀地说，“我可以去找我的蛇人啦？”

“完全正确！”

“哟嗬！”公主欢呼着，衣裙翩翩地跑向破掉的大门方向，跑过正喝着葡萄酒的骑士——他们正和贵妇们调着情，并且兴致勃勃地把穿了盔甲的屁股提供给对方摸一摸。

我觉得阿曼坡的人们真的非常热爱生活，即使是为数不多的那几个邪恶生物，比如天灵灵或者海盗，也都并不是特别恶劣的那种，他们存在的目的仅仅是要把阿曼坡的其他生灵陪衬得更加可爱而已。

就像摩尔说过的那样：在我们所有人身上都潜藏着创造世界的能力。

而我创造的世界充满欢乐，没有真正的苦难。

我为此自豪。

可是，阿曼坡并不是一个能让雷特罗安长久幸福下去的世界。我们沉默着离开了王宫。婚礼的宾客们仍然在自得其乐，婚礼庆典因为可笑的原因而被取消这件事并没有让他们的欢乐受到半点影响。

我们穿行在阿曼坡的街道上，走过欢庆的人群、杂耍艺人和音乐家。当那位被我偷了猪的骑手叫骂着、威胁着向我走过来时，雷特罗一言不发地夺过对方手里的火腿奖杯向他的脑袋砸了一下。于是，一场即将爆发的争吵也就轻松地避免了。

我们离开了王城，走过红灯区。在那里，三位女士邀请王子去她们的“蜜糖快乐小屋”共度良宵，雷特罗无精打采地摆手拒绝了对方的美意。

即使在遗忘沙漠里，王子也一直沉默，至少在我还想得起来的时候是这样。哪怕在爱唱歌海盗船上也一声不吭，虽然他那副好嗓子可以完胜全体海盗。天灵灵的屁股上还微微有点冒烟，她很高兴我把扫帚又还了回来，但她也没能让雷特罗从低沉的情绪中走出来。而芦笋干和开心树就更不能做到了，它们正在争论：如果每天只能看着一个方向，这样一种人生能有多大的意义。

直到我们抵达了走出雪花球的大门，门仍然还是开着的，雷特路打破了沉默：“娜莉·奥斯瓦尔德……”

“啊呀！”我吓了一跳，因为他这么长时间里一直都没吱个一声半声的，“我是想说……什么事？”

“我没办法帮助你战斗。”

“你是想要撤退吗？”

我无法相信，我穿过了整个阿曼坡，经受了所有的考验，而现在，王子居然想要临阵脱逃？

“不是，我并不是要退缩。”雷特罗说。

“但是呢？”

“我不是英雄。我从来都不是英雄。只在我的臆想中是。”

“你从光头党手里帮助过一个带着孩子的女人。”我反驳道。

“因为我当时还相信着自己的幻觉。”

“你仍然可以成为一位英雄的。”

“我恐怕，再也没有那种自信了。”

“你知道唐老鸭吗？”我问。

“唐老鸭？”

“它是一只鸭子。”我微笑。

“鸭子？”

“你可以像它一样。”

“我应该摇摇摆摆走鸭步？”雷特罗完全不知道我在说什么。

“不是……”我不禁笑了起来。

“那是要呱呱叫吗？”

“不是的。”我不禁笑得更大声了。

“那是要怎样？”

“你可以做一名有瑕疵、会犯错的英雄。”

“有瑕疵的？”

“会胆怯、会自私自利，有弱点。”

雷特罗想了一会儿，然后微笑着说：“我觉得，这样一种英雄我是能够胜任的。”

真好，终于再次见到了他的微笑。不过，他还从来没有这样笑过。他的笑容不再像是一位王子，而是一个真正的普通人。

## 44

带着全新的勇气，我们离开了阿曼坡，踏出大门，落在了地毯的长绒毛里。一闻到那咖啡干掉后散发出的霉味儿，我就开始想念阿曼坡的芬芳。雷特罗关上了我们身后的雪花球大门，兴冲冲地问我：“我们要用哪一种魔法来让自己重新变大呢，娜莉？”

“呃……这个……”

我不得不承认，我和唐老鸭还有一个共同点：我们俩都不是特别擅长把一件事情想得更完整、更透彻。

我看了看那个缩形仪，它奇大无比地躺在我们面前，就仿佛是一艘坠地的星际巨舰。在缩小功能的感应按钮旁边，我还另外画了三个压力感应钮。这三个按钮有没有功用，如果有又是什么样的功用，这我就不得而知了。我只能希冀着，这三个按钮中能有一个可以把我们变大。

“具体该怎么办我不知道，但我总会有办法的。”我勇敢地宣布。

“我们。”雷特罗反驳道。

“什么？”

“是我们会有办法的。”

他不再是那个想要独自承担所有事情的王子，而我也不再是那个尽量对他隐瞒所有事情的女人——我们现在是一个团队了！

在意识到这一点的这个美妙时刻，地面突然像大地震一般抖动起来。

“这是什么？”雷特罗在隆隆声中大喊，我们两人试图在抖动不已的地板上保持平衡。我抬头往上看去，有一只我画的可爱小兔正在沙发旁边蹦蹦跳跳，是头上戴着皮毛帽子的那只。遗憾的是，从我们的角度看去，它显得一点儿也不可爱。而且，它正径直向我们跳过来。

“你的唐老鸭会怎么做？”雷特罗在震动中喊道。

“逃跑！”

“真是个出色的计划！”

“我们得去那边！”我喊着，指向缩形仪，和雷特罗一起奔跑在地毯绒毛的森林里。与此同时，我们很难保持平衡，有两次我差点摔倒。第一次我险险地扶住了地毯毛，第二次是雷特罗用他有力的臂膀接住了我。即使是在这种慌乱的时候，能短暂地被他抱一抱也让我觉得非常美好。

在我知道的所有关于微型人的故事里，他们要对付的不外乎是蜘蛛、老鼠或者别的什么害虫，而我们却得当心不让自己被一只可爱的兔子干掉，否则就失去了拯救世界的最后机会。这就像是一部还没开始拍摄、暂且命名为“杀手兔的攻击”的电影，而此时此刻变得过于真实。

“我必须到那上面去！”当我们到达缩形仪旁边时，我对雷特罗大喊了一声，然后赶紧往手柄上面爬，“你站到枪口那边去。”

“好,可是你动作得快点儿啊！”雷特罗回答道,他看了一眼兔子，那家伙虽然不再朝我们跳过来，但它的行动却刺激到了它的小伙伴们，于是，它们开始集体在漫画书店里跳来跳去。这样下去，它们中迟早有一个会跳到我们身上的。因为我在缩形仪上面画了阴影线，所以在跑动的时候，我不会从粗糙的表面上滑下去，因此很快就来到了感应按钮这里。雷特罗已经像说好的那样站到了枪口前。遗憾的是，我又一次发现自己考虑事情很不周详:万一这些按钮只是装饰，它们就救不了我们，那么雷特罗如果和我一起站在上面会比留在下面的地板上更安全一点。如果这些按钮的效果根本不是放大，而是粉碎一类的功能，那么我是会杀死雷特罗的。我应该代替他去冒这个险，由我站到发射口而让他来按开关！不管怎么说，这玩意儿是我自己画出来的嘛。

“雷特罗？”

“我在……”

“我们必须修改计划！”

“那就赶紧啊！”他大喊，指向一只戴着棒球帽、正向他蹦过来的兔子。我别无选择，必须跳向三个感应按钮中的一个。三个按钮一个红、一个蓝，还有一个是黄的。我觉得自己就像是动作电影里的那种拆弹专家，必须决定要剪断哪条线，而与此同时，计时表上的数字还在不断地递减。即使没有计时表我也知道，所剩的时间不多了。我必须做出决定,哪怕是有杀死雷特罗的危险。我应该选红键、黄键，还是蓝键?

无所谓了！我双脚腾空跳到了黄色的感应键上。一道黄光飞射而出，命中了雷特罗，然后……他放大了！

这本来应该是值得欢呼的，如果缩形仪没有把雷特罗变成一条活生生的长棍面包的话。

兔子们统统朝着这条面包蹦了过去。兔子难道喜欢吃面包吗?如果是，那么刚刚拥有新长棍身体的雷特罗就悲催了。我急忙又跳到蓝色的感应键上。一道蓝光飞射而出，击中了名叫雷特罗的长棍面包，然后他真的又变了。

这个变化结果完全是可喜的，因为兔子们是不会吃吐司烘烤机的。但这也有不可喜的方面，其中最大的一点就是：雷特罗现在该死地变成吐司机了！

我跳向红键，这是我们最后的机会了。一道红光飞射而出，命中了雷特罗，然后……他变成了人。

我从来没有像这一刻这样如释重负，也正像动作片里的拆弹专家在计时归零，而炸弹所在的大游轮安然无恙地继续开往度假胜地时的心情。

雷特罗抚摸了一下依偎到他腿边的兔子们，然后说："该你了！"

他说得很平常，但对于我这个被缩小的生物而言却是震耳欲聋。

他小心地捧起了我，他的掌纹在我看来就像是田地里深深的裂纹。他把我放到地毯毛中间之后，拿起变形仪对准了我。

"点那个红色的按钮。"我尽我所能地向他大吼，但我的声音还是太微弱了。于是,我先是被黄光击中。我的身体在麻痒了一阵之后，开始长大、拉伸，然后变成了一条长棍面包。在新的躯体里——或者应该说是新的"躯棍"里，我觉得自己比平时更没有体形了。

兔子把它们湿乎乎的嘴巴、鼻子凑了过来，我衷心希望它们对碳水化合物没有太多兴趣。有那么一会儿我甚至还担忧：作为面包的我兴许很快就会发霉、变质，然后被扔进垃圾桶。雷特罗又按了蓝色的按钮，和按钮一样颜色的光线击中了我，然后我变成了一台吐司机。因为担心自己会永远以这个造型存活下去，我慌张得铁丝都烧红了。最后，雷特罗摸到了红色的钮，我终于变回了娜莉·奥斯瓦尔德。

雷特罗和我重新以正常的比例面对面地站在了漫画书店里。我们周围是蹦蹦跳跳的兔子，兴高采烈的它们对我们奇异的变形并没有任何触动。没错，我不仅仅只在阿曼坡，我还在我们的这个世界里创造出了友好的、懂得享受生活的生物。

"这……"雷特罗搜寻着话语，"真是一段不可思议的体验。"

"你说的不可思议其实是指稀奇古怪吧。"我很确定。

"相当稀奇古怪。"

我们俩忍不住大笑起来。真好，能和他一起大笑。王子变得越来越像一个真正的人了。

"我们是很棒的一对儿。"雷特罗笑容满面地看着我。

一对儿？

这个词让我犹豫了，而我的犹豫又让雷特罗犹豫了。

"抱歉，我指的是作为伙伴意义上的。"

他真的只是这个意思吗？或者还有别的？就像班迪克斯和我那样的一对儿？

班迪克斯！

我的老天爷，我们必须得去救他！还有莱尼！还有坏坏儿！

可具体该怎么做呢？摩尔身边有两个瑞典打手。更何况，他手里还有那本画册，他极有可能已经用它创造出了一支怪物军团来对付我们。而我们有什么可以与之抗衡的呢？

我赶紧做了一番小盘点：我们有一个缩形仪，它还可以选择长棍面包以及吐司机这两种变形种类；我们还有莱尼画出来的那台机器人。还不错，当然也算不上好。但总比什么都没有的强。

装着埃博拉的小瓶子对于我而言太过危险了，我会把它们留在书店里。那个大大的臭气弹也要留下来，它太重了。我要不要用缩形仪把阿曼坡变大，把里面的所有生物都放出来投入战斗呢？不行，我们的世界会让他们乱成一团的。于是，我只是拿起缩形仪放进了我的蜘蛛侠背包。雷特罗正在看着狼刃。

“你想带上它吗？”我问。

“我不知道。事实上，我从来没有挥动过狼刃，”他思索道，“你的鸭子会怎么用一把剑呢？”

“会用它很不小心地划破自己的手。”

“那我最好还是把剑留在这里。”

我觉得这是一个很明智的决定。这么锋利的一把剑并不适合这个细腻的男人。他把剑放在了沙发上，和我一起走向门口，罗伯则飞在我们头顶上方。兔子们也蹦跳着和我们一起出发。我试着把它们赶回去，这么可爱的家伙不应加入对抗摩尔的战斗。可这些长耳朵只是对我咧着嘴笑，它们似乎察觉到事关紧要，所以想要帮忙。于是我们大家一起出发去拯救人类。

在现实中，弱势群体从来都不能战胜坏人。

在故事里却总是能。

是时候了，该往现实的屁股上狠狠踹上一脚了！

## 45

当我们离开书店时，我非常担心大街上已经变成一片火海，到处都跑着丧尸大军，而柏林的天空上还有口吐烈焰的妖魔和巨龙飞来飞去。可城区看上去和往常没什么不同，人群、街道、灰蒙蒙的房屋，一切都和从前一样。摩尔显然还没有动手。这一带最不寻常的生物就是我们自己了。我们的队伍是那么扎眼，就连见过不少世面的柏林人民也很难无视我们。迎面而来的行人赶紧退避到街对面。那位在我们冒险的第一天从漫画书店门前走过的疲惫妈妈，在看到我们之后也立刻清醒了过来。她重重地甩了甩头，像是不敢相信自己的眼睛。她大概以为我们是她疲惫状态下产生的幻觉，可能开始考虑自己要不要去看看医生，开几片药。为了不这么引人注目，我决定把罗伯夹在胳膊下面，这样它看上去就像是一个超大的玩具。同时向雷特罗示意，让他把兔子们拎起来。通过这个方式，我们的队伍在这个世界看上去就没那么突兀了。

“我们现在要去哪里？”雷特罗问。

现在非常需要一台摩尔定位仪，但我却没办法画出来。我看向胳膊下的机器人，问它：“你有没有碰巧装了一个能给人定位的程序？”

“哔——哔——噗——”这个圆圆的家伙回答道，一边试图耸耸它并不拥有的肩膀。同时，它忧郁地翻了翻眼睛，想通过这个信号表示它很抱歉。

“没事，是莱尼把你画成这样的，这不能怪你。”我说，然后又觉得这话听上去不太温和，不亚于我自己听到“你有这么多橘皮组织，这不能怪你”这一类的话。于是我赶紧补充说：“你现在的这个样子是很棒的。”

罗伯的整个铁皮都容光焕发了起来。

“我们应该往哪儿走？”雷特罗又问了一次。

如果我是摩尔的话，我现在会从哪个地方入手呢？去国会大厦，真真正正弄得政客们火烧屁股吗？还是去佩加蒙博物馆示威，强调他的新时代地狱艺术品可以让任何时期的大师巨作黯然失色？或者是去马灿区，在那里，人们必须得花一番大工夫才能显得比周围环境更可怕。

我突然间就有了灵感：“去勃兰登堡大门！他画过一大堆那个地方的素描。”

我们匆忙赶往地铁站。在站台上，妈妈们把她们的孩子从我们附近拉走。有几个商人模样的人骂骂咧咧地说：“这么多的电影都在柏林拍摄，真的有点让人生厌啊。”两个上了年纪的女人窃窃私语说，雷特罗包在白色紧身裤里的大腿相当性感。对于这个评价，我在心里赞同不已。而性感的不只有大腿，还有小腿、膝盖、屁股……

雷特罗发现我在盯着他的屁股看，被逮个正着的我移开了目光，并且对地铁在这个时候进站庆幸得不得了。

当我们上车之后我才想起来：这一回又没有买车票。但随即又安心了下来，因为我觉得在四十八小时之内连续两次被查票的可能性应该是非常低的。

“请出示车票！”我们刚坐下，就听到有人在喊。

显然，那个非常低的可能性还不够低。

“请出示车票！”那个声音又喊了一遍。

我抬头看去，再次看见那位四十五六岁的外裔检票员站在我面前，上次他觉得我的故事很有趣，因而放了我一马。

“哦，瞧瞧，公主又来了啊？”他友好地微笑。

雷特罗惊诧地看向我，他吻过我，并且还非常喜欢吻我，但至今还从未把我当成公主看待过。

“让我猜猜看，”这位好心人继续微笑，“你又是无票乘车对吧？”

“猜中了。”我承认，并且使劲儿地思考这一次应该找什么样的借口比较好。我们会因为逃票和没钱支付罚款而被带去最近的警察局，在那里我们将耗上一整天；而雷特罗也没有任何身份证明，同时，我们还带着一台形迹可疑的、能让谷歌人工智能开发员欣喜得热泪盈眶的机器人。

“很遗憾，”检票员说，“我没办法再次睁一只眼闭一只眼。”

“真的不行吗？”我祈求地看着他。

“不行，我的老板已经很不满意了，因为我总是放过太多的人，其中大多数是我的同胞。”

“如果我认真地求求你呢？”

“那也不行。”男人回答得很友好，但也很坚决。

我们不能就这么被带走，我们还得拯救世界啊。可我现在该怎么办呢？我已经没有魔法画册了，而缩形仪我无论如何都不可以再使用，因为在地铁里，被缩小的检票员很容易就会被高跟鞋、运动鞋或者是从天而降的薯条碾碎。我应该把罗伯放出来赶走他吗？我到底可不可以对这个检票员动用武力呢？我们要做的事关系到全人类，解决掉一个人不过是一桩可以忽略的小错，不管对方实际上是一位多么友好的人。《虎胆龙威》系列电影中的约翰·麦克莱恩也经常把人从汽车里拖出来，然后开车追捕反派头子，他完全不关心，这个人是不是无法准时去接孩子放学，并因此和自己老婆吵架，而且两人的夫妻关系本就岌岌可危；然后，暴怒的老婆愤然和网球教练出轨了——虽然她曾经竭力不出轨，不管对方在回球时腰身摆动得有多么扣人心弦。

约翰·麦克莱恩做起这种事来毫无愧疚感，那是因为见鬼的他是被虚构出来的啊！路人、路人的孩子、老婆和那位扭得扣人心弦的网球教练也同样如此。但这里的这位检票员是真实的啊。不管怎样，我都不应该伤害无辜的人。不管情况有多么糟糕，也不管会带来什么样的后果，不管是哈利·波特、芮还是唐老鸭，都不会伤害好人。

“如果我明天把票带过来呢？”

“我真的很抱歉，公主。”检票员坦诚地说。

“她不是公主。”雷特罗反驳道。

我们两人惊诧地看向他，那几只正蹲在雷特罗肩膀上和脑袋上的兔子也是一样，而罗伯则来回转动着眼珠子。

“娜莉·奥斯瓦尔德不是公主！”

检票员不明白这个穿着白衣服的家伙到底想要干什么，我也不太明白雷特罗为什么对这一点这么关注。

“我认识不少公主，但娜莉·奥斯瓦尔德和她们没有半点共同之处。”

这个我自己也知道啊，但雷特罗就这么直接对一个陌生人说这样的话，真的让我觉得很没有风度。在我们一起经历过那么多事之后，他应该对我有一个更高的评价，能对我说几句好听点儿的话，这样没错吧？

“这个女人比任何公主都更可贵。”他接着说。

我吗？

比公主更可贵？

他真是这么想的吗?

他看向我，因为结识了我而觉得骄傲。

我的老天爷，他真是这么想的!

“我明白了,”检票员大声笑了起来，“你找到了自己的王子。”

我找到了吗?

“这个男人爱着你。”

我六神无主地再度看向雷特罗，他没有反驳检票员的话，而是看着我，从来没有男人这样看过我。他的脸上带着迷人的微笑，这副模样是真正爱上我的人才会有的吧，而只是有一点儿喜欢我的人，就像亚斯帕、卢卡斯、拉斐尔还有……班迪克斯都不会这样?没错，班迪克斯从来没有这样看过我。

被人这样注视着，真是非常美好!

“你们在相爱,”检票员笑着，“而对相爱的人，我是不会拿走他们的钱的。只有走私分子才会这样做。祝你们旅途愉快并一起度过美好的一生!”

他朝着出口的方向走去，同时哼着一支欢快的歌，歌词的内容也许是关于某个阿富汗年轻人在喀布尔的咖啡厅里第一次见到了自己的白雪公主。

“娜莉·奥斯瓦尔德……”王子深深地看着我的眼睛。

“什么事?”我轻声低喃。

“我……”他像是要进行某种表白，但又马上住了口。

“你……”我不知道自己应该期待什么，是希望他对我表达爱意，正如他向我坦承吻我的时候，是他唯一没有任何犹疑的时刻;还是应该希望他说自己并不爱我。如果是后者的话，我的人生就要简单一些，毕竟，他不是真正的人。

“我……”雷特罗继续试图组织语言。

“你……”我低喃着，屏住了呼吸，心跳已然过速。

在他肩膀上和胳膊下面蹲着的兔子们紧张地凝神静气，罗伯也试图这么做，但发现自己本来就没有气，于是它决定让自己圆滚滚的身体静止不动。

雷特罗鼓起全部的勇气坦承：“那个人说的是事实，我爱你。”

他，说出来了！

我的心跳变成了隆隆轰鸣，我觉得整个车厢里的人一定都听见了。而世界开始旋转起来，只围绕着我和雷特罗。

“自从我们第一次接吻以后，我就知道了。因为菲萝仙的缘故，我只是不想承认。”

现在我连呼吸都停止了。我马上就要晕过去了，以一种特别恰当而美妙的形式。

“你呢？”雷特罗问，“你也和我一样吗？”

是的，一模一样。这一刻，我完全想明白了：我想要投入他的怀抱、拥抱他、吻他，永远地忘掉车票、摩尔、世界末日以及其他的一切。可在我脑袋里所剩不多的、尚能运转的部分里，有一个问题越来越响亮，这个问题虽然让我的情感很不满意，但绝对有它的道理：我可以这样做吗？我本应该去爱班迪克斯的，他是一个真正的人！

围绕着我和雷特罗转动的世界这时慢下来了一点点。

“娜莉？”王子问。

更慢了。

“娜莉……我在问你呢。”他带着一种孤注一掷的表情追问着，在表白了自己的爱意之后，再也无法安全重返友谊这块大陆了。

“我……”我搜索着字句，而身边的世界转得越来越慢，最后静止不动了。我该怎样抉择呢？是选择班迪克斯和现实，还是王子与幻想？

我和雷特罗能够拥有一个什么样的未来呢？和这位被虚构出来的、来自另一个世界的王子，即使不去考虑他并非真人而是我自己臆造出来的这个事实，雷特罗在我们的世界里是一天也不会快活的，他会渴望回到那个从来都不存在的阿曼坡。他会怪我，因为我的缘故他才留在了这个丑陋的柏林；我们会争吵，而雷特罗宁愿回到雪花球里的那个阿曼坡也不愿再留在我身边。我们不会是第一对因为文化背景不同和社会地位各异而分手的情侣。再也没有什么能比我们的两个世界有更大的背景差异了。所以，我的心迟早会再度破碎。大概会比以往任何一次都糟糕，因为我从来没有爱得这样强烈过。

尽管我一直都不是特别喜欢现实，但哪怕我今天正想要狠狠往它的屁股上踹一脚，我仍然要在现实中生活——如果这个世界在过了今天之后依然存在的话。在现实中是找不到白马王子的，人们会和班迪克斯那样的成年人一起经营着成熟稳重的关系，和他们一起尽可能成熟稳重地幸福生活。这就是成年人的行为方式！

“你……”雷特罗又问了一次，很轻，满心都是被拒绝的恐惧。我真佩服他的勇气啊。

雷特罗肩膀上的兔子们已经紧张得开始啃它们的帽子了，而罗伯则用它的机械手捂住了滚来滚去的眼睛，因为它无法承受这样的紧张气氛。

我现在不得不让雷特罗心碎。

我长这么大还从来没有做过这么可怕的事。但是，我给自己打气说，如果我们不是一对，这对于雷特罗来说也许更好。长远来看，没有我的生活会让他更幸福一点。如果他在阿曼坡开始另一段人生，他总有一天会明白的。到那时，他会站在自己宫殿的窗前，心满意足地欣赏着自己国度的夕阳，都城里的人们在大街小巷中准备节日狂欢，这时他会想：娜莉·奥斯瓦尔德的抉择是明智的。

真希望会是这样啊。

我深吸了一口气，看向雷特罗满是期待的、显得那么脆弱的双眼，在兔子们和罗伯的瞪视下，我终于给出了我的答复。我所说的，是我此时此刻所能够说出来的、我心底的感受："我倒是不爱我自己。"

兔子们失望地把帽子扔到了地上。罗伯用手臂敲打着圆圆的额头，发出空洞的金属声。

雷特罗的眼睛湿润了。他该不会是要哭了吧？有生以来的第一次哭泣？那么我一定会一起哭的，而正在地板上蹦跳着捡帽子的兔子也会哭的，还有罗伯，它大概没有哭泣功能，但肯定会在我们面前伤感地嘀来嘀去。

雷特罗在进行着他人生中一次最大的战斗，对手是自己的眼泪。他花了好一会儿才取得了胜利。这是我所见过的最英勇的事情。

王子站了起来，宣布说："走吧，我们到地方了！"

地铁的确到达了勃兰登堡大门站，我差一点没能觉察。雷特罗走向出口，身后跟着飞行的罗伯，它再也不愿意被我抱着了，还有蹦跳着把帽子重新戴上的兔子。

我也站了起来，心里受到的震动并不比雷特罗本人少。长这么大，我一直以为让别人心碎比让自己心碎要更容易一点。我还从未碰到过这样的情况，可现在，我偏偏伤害了雷特罗这么优秀的人。我觉得痛苦得不得了，比自己心碎还要更加痛苦。

成熟稳重真是太没劲了。

# 46

我们这一伙走着、跳着、飞着奔赴巴黎广场。雷特罗一路上没有再看过我一眼，而我也宁肯盯着自己的钢铁侠球鞋。我没有理会来自世界各地的游客们纷纷掏出手机拍摄我们这支卓尔不群的队伍，他们不知道，自己的人生也许马上就要终结在摩尔的手里，即使不终结至少会发生急剧的变化。到达广场之后，罗伯突然激动起来："嘀——嘀——嘀——嘀！"

"你怎么了？"我问，把目光从自己的球鞋上移开。

"嘀——嘀——嘀——嘀！"罗伯又重复了一次。卢克和他的机器人可以沟通，芮也能够与之交流，这让我相当费解，可我此时却听不懂任何一个"嘀"。

"嘀——嘀——嘀——嘀！"罗伯现在真的激动得不行，用臂爪指向勃兰登堡城门。在中间的门柱旁站着班迪克斯、莱尼和坏坏儿，还有他们身后那两个戴着墨镜的瑞典打手。从三人僵硬的姿势来看，打手们一定是用西装口袋里的武器胁迫着他们。坏坏儿的眼睛里闪烁着怒火，莱尼努力让自己更勇敢和坚强，而班迪克斯则在绝望地左顾右盼、寻找着不可能到来的活命机会。三人都没有往我们的方向看，除非他们知道我们就在这个位置，不然很难从一大堆的游客中发现我们。我真为他们三个人担心。不管坏坏儿表现得有多么坚强，她也只是一个小孩子；而莱尼，不管他现在显得有多么成熟，他也只是一个可亲可爱的马大哈；班迪克斯兴许在儿童基金会里是一位英雄，但也只是一个普普通通的人，对于这种情况他会和任何普通人一样无法应付。

我最担心的不应该是班迪克斯吗？他毕竟是我想要共度一生的人啊。我突然对他产生了愧疚感。我设想过和雷特罗在一起的人生，我甚至一个劲儿地盯着王子的大腿和屁股看，我还渴望和他亲吻，与此同时，班迪克斯却被作为人质关押着。我算什么女朋友啊，在这么危险的时候我不应该从头到尾都只想着自己的男朋友吗？

羞愧万分的我决定从现在开始把全部注意力都集中到解救班迪克斯上来。在离人质们几步之遥的地方，我发现了摩尔，他又换上了那套半黑半白的表演服。这也难怪，他正在准备自己的谢幕晚会。他一手拿着那本画册，一手握着一只万宝龙钢笔，准备往魔法册子上画点什么。

“哔！”当我看到他开始动笔时，我骂了一句脏话。

“不管这意味着什么，我都觉得你是对的。”雷特罗当即明白了眼下的情况，并打破了沉默。他直接从失恋模式切换到战斗模式，这样的他让我更愿意面对一点，他自己肯定也是如此。我们终于又能够直视彼此了，虽然仍有点不太自在，但至少可以抬眼看对方了。如果运气好的话，从这一刻起我们将踏上漫漫的友谊长路，最终在遥远未来的某一天成为纯粹的好朋友。

摩尔全神贯注地画着画。如果我们不能及时阻止而让他完成画作的话，不知将会有什么样的地狱生物降临到我们这个世界上。我想起了那幅魔鬼把审判官扔在锅里烹煮的画面，这个家伙的想象力真是可怕！不管他觉得我是多么没有才华，我仍然很庆幸自己的想象力所制造出来的不是那样的景象，而是像兔子、阿曼坡人民这样的生物，还有雷特罗。

对于无法预料的极端状况，我的大脑如今已经适应良好，此刻它正高速运转着。我们怎样才能充分利用对方尚未发现我们的这个优势呢？我们怎样才能最有效地运用兔子、机器人和缩形仪呢？我的大脑在几秒之后就有了结论，我说："我有了一个计划。"

"这个计划是不是和上一个那样没有特别周详，就是我被变成面包棒子的那一次？"雷特罗用一种只有求爱被拒的人才会有的尖锐语调说道。

"就目前而言，它是我能想出来的最佳计划。"我恼火地回敬他，语气正是那种被自己拒绝过的人激怒后的语气。想要单纯地只做好朋友，我们面前的路还真的很长。

"说来听听吧。"雷特罗要求。

"你拿着缩形仪把摩尔的那两个帮手变成面包或者吐司机……"

"什么是吐司机？"

"就是我之前把你变成的那个方方的东西。"我烦躁地回答，我们已经没有时间了。

"它是用来干什么的？"

"用来烤吐司的！"

"吐司，又是什么东西？"

"啊啊啊！"

"这个答案可并没有解答我的疑问啊。"他那尖酸刻薄的语调又完美地提升了一个档次。

"我的老天，用那玩意儿可以飞快地烤好一片白面包。"

"真是个巧妙的发明，"雷特罗很惊奇，"在这个世界上还是存在一些有意义的东西的。"

虽然形势紧迫，我还是忍不住为雷特罗惊叹：这是他第一次对我们的世界做出正面的评价。我稍微想象了一会儿自己带着王子去看柏林美好一面的场景：我们一起去爱因斯坦咖啡馆喝咖啡，一起在拱廊下面跳探戈，也不是说我真的会跳，但我可以和雷特罗一起学嘛，一起在御林广场闲逛，或者只是去电影院看一部好电影。

“娜莉·奥斯瓦尔德，继续给我说说你的计划。”雷特罗把我从沉思中拉了出来。他重新专注于正题，所以我也应该专心一点才对嘛！

“在你对付那两个打手的时候，兔子和罗伯就去吸引摩尔的注意力，这样就能让我把画册抢回来。”

“这个计划比上一个考虑得更周详。”雷特罗觉得。

“我也是会吸取教训的嘛。”我不无骄傲地回答道。

“但别忘了，娜莉·奥斯瓦尔德，如果你想要让混乱之神大笑，只要把你的计划讲给他听就成。”

“这个神仙一定名叫马大哈对吧。”我叹着气，从背包里拿出了缩形仪。

“不是。”

“那又叫什么？”

“曼弗里德。”

这可真让人想不到。

雷特罗从我手里接过缩形仪，对我说：“给我们发出战斗号令吧！”

“这是什么意思？”

“你是领头人，必须喊出战斗口号。”

雷特罗、罗伯和戴帽兔子们全都满是期待地看着我。我现在是他们的领头人了。哇，作为一名女英雄为自己的战友们担负起责任，原来就是这种感觉啊！真让人激动。更何况还拥有出色的同伴！为了他们，我必须想出一句恰到好处的口号才行。应该是一个能带来勇气的口号。不可以是“为了辉煌和荣耀”这一类的，因为这两个目标并不值得为之挥洒热血，甚至都还不值得为它们起个大早呢。

康妮丝·艾伯丁在这种时候大概会喊出“为了自由”之类的。这个口号也不赖，但我并不是一个为了自由而战的好榜样，我甚至都没有去参加上一次的柏林众议院选举，原因不过是当时赶上了下雨而我又有点感冒。而“原力与你同在”这句话如果不是由欧比旺的魂魄说出来的，听起来就会很没劲。“打倒他们”倒是很适合——如果我是银河护卫队成员的话，或者是世界摔角狂热大赛的女摔跤手，又或者是一位参加家长会的母亲，准备召集所有家长要求撤换班主任。

“我们在等着啊，娜莉·奥斯瓦尔德。”雷特罗说。

罗伯催促地发出嘀嘀声，而兔子们抬头看着我。他们都想得到我的激励。我的老天，我可从来没有想过，作为领头人要承载这么多的期许、顶着这么大的压力。难怪大多数人都不愿意干这个活，康妮丝甚至因为当领头人而患了忧郁症。

我看向摩尔，他正把钢笔放在嘴边，好像在考虑应该怎样画得更完美一点。我必须赶紧想出一个朗朗上口、让人信服的口号来。为此，我必须从同伴们那里获取灵感，他们就和阿曼坡的生物一样友善而热爱生活。于是，我高喊：“为了快乐！”

“这真是一个非常出色的战斗口号，娜莉·奥斯瓦尔德。”雷特罗笑容灿烂地看着我。

我的老天，他笑起来的样子可真好看！

我的腿都要软成布丁了。

“为了快乐！”他用美妙的声音冲着柏林几近无云的天空高喊。

“吧——吧——吧布哔嘟！”罗伯用它的方式把战斗口号诠释了一遍。

“为了快乐！”兔子们也喊了一声，这真让我大吃一惊。

“你们……你们……会说话？”

“为什么我们不会说话呢？”戴着皮毛帽子的那只兔子咧嘴笑得很是顽皮。

“这个问题问得有道理。”雷特罗微笑着，他对阿曼坡会说话的动物、树木乃至会喋喋不休的石头早就习以为常了吧。

我爱他的微笑。

真是爱死了！

“我们是不是该动身了？”戴着小军帽的那只兔子催促道，“你们两人的眉来眼去可以留在以后嘛。”

“我……我没有眉来眼去。”我试图予以否认。

“那是当然咯，我也不喜欢胡萝卜嘛。”军帽兔子坏笑着，它的同伴们统统笑出声来，就连罗伯也很得意地嘀来嘀去。

我尴尬地看向雷特罗，我已经让他心碎了，就不应该再给他无谓的希望。他对兔子的话不予评论，只是说：“我们得开始战斗了！”

兔子们果断地蹦跳前行，罗伯嘀嘀着跟在它们后面。王子正想要赶去大门那边时，我抓住了他的肩膀。

“怎么了？”他惊诧地问。

“保护好你自己。”

“你也是，娜莉·奥斯瓦尔德，保护好自己。”

他在我的脸颊上温柔地印下一吻，然后跟上了兔子们。我站了一小会儿，因为这是我一生中最美的脸颊之吻，是那样地充满了爱意。

如果处在我的立场，有的人大概会想：现在我可以在战斗中牺牲并心满意足地死去了。可我比从前更想活下去了！

## 47

“为了快乐！”兔子们大叫着跳向那两个瑞典人。他们一开始有点糊涂，当罗伯开始在他们头顶盘旋时，他们掏出手枪瞄准了罗伯，想把它打下来。行动的时候他们一言不发，两人都是高效率的冷血杀手，什么都不能让他们感到意外，就算是一台会飞的机器人也不能，毫无例外。除非是……会说话的兔子。

皮毛兔子和军帽兔子异口同声地喊着“为了快乐”，然后机智地跳向瑞典人的枪管，让他们无法瞄准。其他几只兔子咬住了他们的小腿肚，而坏坏儿则大笑着踢向那两个家伙的小腿骨。这时的坏坏儿似乎又突然变异成原来那个邪恶的自我了，说实话，此时此刻的我非常满意。瑞典打手痛得高声大叫，在惊吓中手一松就把枪掉在了地上。坏坏儿捡起枪，摆出持枪歹徒的造型问话：“知道我现在要拿你们怎么办吗？”

“别开枪！”莱尼大惊失色地高呼。

小家伙朝他笑了笑，并不是嘲笑，回答说：“我已经一点都不坏了！”

然后她把手枪高高抛出去，扔进了敞着口子的水沟里。莱尼骄傲地冲她笑了，这种笑容就像一名父亲看到自己的女儿在女子足球比赛中，穿越六名对手，然后完美地把球传给了站位更好的那名队友，而不是自己射门。

“你虽然不再坏了，”他笑着说，“但仍然棒得要命！”

两个瑞典人绝望地试图把兔子们从自己的裤腿上甩出去，但它们却毫不松口，与此同时，皮毛兔和军帽兔顺手牵走打手们的墨镜并扔给坏坏儿和莱尼，两人当场就戴上了。班迪克斯仍然像是瘫痪了一般呆立不动——对于他而言，这一切让他太难消化了。

现在,雷特罗开始实施他那部分的任务。他站在瑞典人面前喊道:“恶棍们，接招吧！”

兔子们知道现在会出现什么情况，于是都跳开了。打手们抱着疼痛不已的双腿，而雷特罗按下了缩形仪上的感应钮。黄色光束嗖嗖射出，瑞典人变成了长棍面包。

迄今为止一切都进行得很顺利。现在，我只需要完成我的那部分计划，从摩尔手里夺回那本册子。和大多数游客一样，他正入迷地观赏着这场兔子联手机器人对抗人形面包的大战。我从后方接近他，只剩下四步了，我马上就能抢回魔法画册了。还有三步……两步……一步……

这时，那位名叫曼弗雷德的混乱之神笑了。

“小心啊！”瑞典长棍面包中的一条对着摩尔大叫了一声，而另一条则用他的面包尖头指了指我。摩尔转身看向我,立即明白了情况。他扔下了册子，却不是因为惊慌或者是想要逃跑。他果断地抓住我，把我的手臂扭到了背后。这可疼得要命，但我咬紧了牙关。

“放开我！”我喘着气。

“我没这个打算。”他咬牙切齿。

我不太灵活地提腿想要在他的小腿骨上踢一脚，而他用钢笔尖抵住了我的脖子。

“你再敢动一下试试！”他更加可恶地说道。

我一动也不动，连呼吸也不敢了。

“还有你们,”他对我的朋友们喊道，“都站住别动！”

兔子、罗伯、坏坏儿、莱尼、班迪克斯、雷特罗……全部都不动了，不然摩尔就会把钢笔扎进我脖子里。

“你来得太晚了，奥斯瓦尔德，”他讥讽道，“我的画作已经完成了。”

“你……你到底画了什么样的怪物啊？”我恐惧地问。

“根本没有什么怪物。”

这让我目瞪口呆。摩尔难不成根本不想把世界变成地狱？

“对于自己应该创造出什么东西，我思考了很长时间，”这个秃子对着我的耳朵低声说道，“然后，我想明白了，我根本不需要再创造出什么东西来。创造力是一种负担，在它的压力下，我长久以来都过得很痛苦。”

我对他的同情心可是相当有限啊。

“你知不知道，当一个天才为了不让自己失望而必须让自己变得更加卓越，这有多艰难吗？”

“不知道……”我诚实地回答，一直以来天才啊、卓越啊什么的，统统离我太遥远了。

“你当然不知道！”摩尔笑得格外讽刺，甚至都有点喷溅出口水，所有的翩翩风度都已消失不见，他露出了真实的面目，“一切创造力都必须被消灭掉！”

这听上去可不像是人间天堂的样子。

“所以，我在地上画了一个洞。”

他话音一落，在勃兰登堡大门的正下方就豁开了一个黑漆漆的洞。如果是打开了一个深渊，那么地面应该有震动才对，可实际上一点声响都没有，黑色的大洞像是吞掉了周遭的一切动静。洞口扩展到大概两米乘两米的大小后，就不再变大了，但仍然比任何深沟险壑都更具威胁性。

“从这里会出来一些东西……”

这该死的听上去就像是地狱的通道啊。

“猜猜吧，娜莉·奥斯瓦尔德，会上来什么东西呢？”

“是大……大……大混蛋？”我咽了口唾沫。

“是黑暗之神啊，”摩尔冲着我大叫，“他的名字叫作达尔魂坦！”

摩尔把我拉到地洞边缘，从洞里涌上来的寒意让我颤抖起来。

“那儿，你好好看看！”

要在地洞的昏暗中识别出任何东西来都是不可能的，甚至都无法看出这个洞到底有多深。我的理智不明白自己看见了什么，但我的直觉却知道：这个看上去无边无际的黑色虚空就是黑暗之神。他并不是长着恶心触手的怪物，也没有鲜血直流的眼睛和危险尖利的牙齿，他就是黑暗本身。

他开始从洞口里爬出来，黑暗的烟雾涌出。他所经之地，一切光明和生命都被吞没。黑暗先是会在柏林蔓延开来，然后将包裹地球，最后吞噬掉整个宇宙。

“达尔魂坦，”我颤抖着，“就是黑暗本身？”

我又问了一次，因为我期望着是自己搞错了。

“他是无穷无尽的黑暗！”摩尔大笑，那疯狂程度可不是一点点。

这一刻我明白了，这位暗夜之神早就策划好了一切。他先是透露给和尚们制作魔法画册的方法，好让他们一不留神就把这本册子塞到像摩尔这种精神状态不稳定的家伙手里，然后就会在我们的世界里画出一个开口，从而进入我们的世界，将一切生命吸入他暗黑的体内予以消灭。

我看向我的朋友们，他们仍然站在那里一动不动。坏坏儿怒火中烧，莱尼伸手搂着她，班迪克斯现在已经闭上了眼睛，全身都在发抖，兔子们互相抓着彼此，而罗伯则纹丝不动地悬浮在半空。雷特罗是唯一一个看向我眼睛的人，想要通过这种方式带给我一丝勇气，虽然他自己也毫无办法。

“你，”摩尔命令道，“用你的缩形仪射击其他人！”

雷特罗没有动。

“按我的话做，否则我就割断她的颈动脉！”

在这样的时刻，真希望那些平凡至极的路人能够见义勇为，可惜没人这么做。虽然有一大批游客继续用手机在拍摄，但没人伸出援手。

“动手！”摩尔命令道，把笔尖狠狠扎进了我的脖子。

“我并不重要。”面对将要吞没我们的无尽黑暗，我大喊了一声，我也的确是这么想的。如果可以解救其他人，我宁可牺牲自己的性命。他们兴许可以从摩尔那里把画册夺过来、画点什么东西来把这个洞堵上。

摩尔把笔尖扎得更深了，我疼得大叫出声。雷特罗赶紧承诺：“我会照做……”

莱尼、班迪克斯、坏坏儿、兔子和机器人震惊地看向他。

“你们敢反抗一下试试！”摩尔威胁着我的朋友们。

“别听他的话！”我对朋友们大喊。

但他们没有听我的。为了我，雷特罗拿起缩形仪按下了按钮。接着，在勃兰登堡大门下面出现了一堆大大小小各不相同的吐司机。

“现在，”摩尔对着雷特罗喊，“跳到洞里去！”

“你怎么能这样做？！”我抗议。

“我现在想怎么做就怎么做！”

而雷特罗凝视着我的眼睛，然后笑了。于是我明白了，他将要跳进那个深渊里去，为了我，因为他爱我。

“不——”我大叫。

但是太迟了。

雷特罗跳进了黑暗的虚空。

他用自己的死来换取我的生。

## 48

摩尔把钢笔从我的脖子上移开，疼痛逐渐消失。但又一阵痛感接踵而来，这个秃子狠狠地把我推开，我踉跄了几步之后摔在了地上。我倒在石板路面上，想要痛哭，也想要逃跑，但我看见了我的朋友们，那群吐司机，他们大多在向我摇摆晃动，却无能为力。他们中只有一个试图逃离黑暗的烟雾，那是班迪克斯。他放弃了，放弃了我，还有这个世界，正如刚才想要放弃并逃跑的我。让我愤怒的并不是班迪克斯，而是我自己。雷特罗为了我跳进了深渊，我不能就这样丢下他不管！我至少要试一试去救他。我挣扎着站起来，拍了拍衣服，走向黑洞，也跳了下去。

在这片完全的黑暗中下落了到底多长时间我说不清楚，几秒？几分钟？几小时？几天？天荒地老？

如果说人在临终的时候会被一道友善的光芒包裹，那么这一片黑暗的虚空就是那道光的天敌，它憎恨生命。它并没有热烈沸腾的怒火，不，而是蓄满冷漠的蔑视。它的里面真冷啊，冷得非常可怕。我的全身都在颤抖。

我呼唤着雷特罗，但是黑暗吞噬了一切，我甚至听不见自己的声音。我无声无息地叫喊着，得不到任何回应，也不知道我离雷特罗是远是近。

我只知道，我们两人将会永远地坠落下去，再也无法相遇，永远孤单地留在暗黑的虚无之中。如果黑暗统治了我们的世界，那么所有的生命都将会和我们一样。

我冷得僵住了，已经感觉不到自己的手和脚。渐渐地，我的整个身体都被冰霜包裹起来。我开始哭泣，可泪水一流出就在眼皮下面结成了冰。冰就从这里开始扩展到我的脸颊，然后是整个脸部。它封住了我的鼻孔，还有我的嘴唇。想要终止冰的蔓延，我得停止哭泣才行，可我停不下来。

冰通过嘴唇爬进了我的体内，侵入了我的肉体，切削着我的骨头直至骨髓。它很快就占领了我的全身，除了对生命而言最重要的东西：我的心。

慢慢地、慢慢地，冰霜在心脏周围形成了一个圈，而我在继续用眼泪喂养它。我知道，如果这个圈闭合，我将会变成无知无觉的冰块，永永远远地在这片黑暗中漂游下去。

面临着这样一种命运却并不是最糟糕的事。最糟糕的是，我开始渴望拥有一颗冰封的心，这样我就不必再哭了，不会再继续痛苦，也不会再因为雷特罗为我牺牲了自己、为黑暗将消灭地球上的一切生物然后吞噬掉整个宇宙而感到内疚。太阳的亿万光芒都将停止闪耀，仅仅是因为我。如果我能及时毁掉那本画册，那么摩尔就永远都不会有机会打开这个洞，黑暗也将永远被放逐。

全都是我的错。

我一个人的错。

我在心里祈求着所有人的原谅，我本来可以救下他们的命：莱尼、坏坏儿、我的父母、亚斯帕、班迪克斯、拉斐尔。我请求所有我自己创造出来的生命原谅我：戴帽兔子、开心树、爱唱歌的海盗、杂耍艺人、赛猪骑手、酗酒的骑士们、轻佻的贵妇们、蛇人，对了，也包括菲萝仙。他们所有人的生之欢乐都将被毁灭，还有他们对生活的无比热爱……

在这一刻，冰不动了。在想到阿曼坡人民以及戴帽兔子们的快乐时，我的心被温暖了。

我的意志重新回来了，我停止了哭泣。我也许找到了不被冻死的钥匙！我把注意力集中到了那些让黑暗憎恶的东西上来：欢愉、乐趣、爱……

我想到了班迪克斯。

我专注地去想自己有多么爱他，我们的第一次约会是多么美好，他头发上顶着肥皂泡泡时有多么可爱。还有，我和他分享了人生中最美妙的吻之一。

班迪克斯、班迪克斯、班迪克斯！

可是，冰霜并没有继续消退。正相反，它开始重新扩展开来，它随时都将封闭我的心。不管我对班迪克斯的感情是怎样的，它远远不足以阻止冰冻，更不用说融化冰霜了。

那么我对雷特罗的感情有足够强劲吗？

我想起第一次在漫画书店看到王子站在我面前的情形，想起我们俩战胜光头党的场景，还有雷特罗和我在我们的冒险之后用缩形仪重新变成普通人大小、一起站在漫画书店里为我们的冒险大笑。我们还一起喊出了“为了欢乐”！但我印象最深刻的是，他用那美妙的嗓音歌唱：

当她步入我的人生，
我要赞颂这一分这一秒，
她左右了我的生命和情感，
用她的一举一动激荡我的心潮。
那是她妩媚微笑时鲜红的嘴唇，
还有她的善良和美貌。

我不禁在心中微微一笑，这真是一首傻里傻气的歌啊，可依然那么美妙，美妙至极。它打动了我的心。

冰霜停止了对我心脏的进军。

我开始在脑中描绘王子为我唱这首歌、然后我们手牵着手的情景。这个画面和那首歌一样傻气，一方面是因为我马上就要死了，另一方面也因为，我刚刚在地上还认为自己和雷特罗绝对不可能有一个共同的未来。但在梦里，没有什么是不可能的！为什么就不能在生命的最后时刻躲进幻想里去呢？

在幻想里，我和王子在拱廊下跳着探戈，互相为对方朗读唐老鸭漫画，并且一起在万塞湖边看日落。我们会在湖边亲吻，然后，我们会在我小公寓里那床“花生”漫画图案的被子下面做爱——没错，做爱。

冰霜退出了我的心。

慢慢地、慢慢地，它消退了。

> 你对我的爱分毫不少，
>
> 请为我生下七个爱的结晶……

现在，我甚至忍不住要大笑了。这真的、真的是一首很傻气的歌。可是……能和雷特罗生儿育女，那一定会是非常棒的事吧。当然，不会生七个那么多，但一个是会有的，或许两个，他会用爱心和勇气教养他们成人。

我描绘着，我们一起在我小小的公寓里，用来自阿曼坡的木材搭建起一个换尿布的柜子，然后在完成之后喝酒庆祝——他喝的是自己国家葡萄园里酿造的美酒，而我喝的是用开心树的果实榨取的无酒精饮料，他用手抚摸我隆起的肚子，我们凝视着对方，然后亲吻彼此。

冰霜迅速地退出了我的身体、骨头和皮肉，融化在我的皮肤上。我终于能够重新感觉到自己从冰冻中解放出来的手臂、腿脚和整个身体。

在黑暗中我仍然什么也看不见，但我却感受到了刚刚幻想的那个吻，还有雷特罗之前留给我的那个吻——在现实生活中，在他跳进冰冷的暗黑虚无之前。这片虚无现在已不再让我感到半点寒意了。这个轻轻印在脸颊上的吻，大大鼓起了我活下去的勇气，它比之前所有的吻、比我能在幻想中虚构出来的任何吻都要美好。

我的心开始由内而外地闪耀发光。

我的身边突然重新变得明亮起来。

我又能看见东西了！

我还感觉到，黑暗开始抖动。我的光芒就像是在它身上撕开了一道口子。

我看见雷特罗在我下方坠向黑色虚空，他被冻成了冰块。我试图靠近他，我的心跳到了嗓子眼。

当我终于来到王子身边时，我抱住了他冰冷的、毫无生气的身体。突然，我们的速度慢了下来。我们不再坠落，我们悬浮在空中，被我虚弱的光芒包裹着。

我注视着雷特罗的脸，它完全被冻住了，毫无动静，毫无生息。可是我不想、不能，也不可以放弃救他的希望。

“雷特罗……”我轻声呢喃。

没有反应。

“雷特罗……”我说得更大声了点。

他一动也不动。

他已经被冻死了吗?

“雷特罗!”我绝望地大喊。我是那么痛苦,甚至让我的声音在黑暗中激起回响,“雷特罗……雷特罗……雷特罗……雷特罗……雷特罗……雷特罗”。

我们继续浮游在黑暗之中,我们周围的光芒慢慢弱了下去,而我的希望也破灭了。

王子死了。

为了我。

应该要反过来才对啊!这都是我的错,我一个人的错!

我又开始哭泣。我的眼泪一流出来就重新变成冰覆盖在脸颊上,它爬过我的脸,来到我的唇边。它马上就要钻到我的嘴里进入我的身体,攻占我的心脏。我在寒冷中颤抖着,明白自己现在也要死去了。

至少,我最后的几秒钟将会在雷特罗的怀里度过,他是唯一一个成功把冰冻赶出我心房的男人。如果我的生命将烟消云散,我想要向我的王子,我的白马王子,告别。

在冰霜进入我口里之前,在我们周围的光芒散去之前,我吻上了雷特罗冰冻的嘴唇,很小心,很温柔。

而冰霜再次开始融化。一开始很慢,然后越来越快,它放开了王子的嘴、脸颊、眼睛。

这是一个生命之吻!

我没有停止哭泣,却是因为开心。这些泪水没有结成冰。我们身边的光芒重新变得强大起来,比之前更加明亮。雷特罗睁开双眼,对我微笑,而我的心快乐得沸腾了。

在这个时候,黑暗大叫起来。欢乐、笑容和爱,这都是它无法承受的。

对，没错……爱。

我爱雷特罗，我也不再怀疑自己想要和他共度一生，我不再害怕我们会不合适。他是谁、又从哪里来，我完全无所谓了。因为在我们自身的温暖之中，在这越来越明亮的光芒之中，我意识到没有比爱更真实的东西了！

冰霜重新解放了雷特罗和我，我的王子在回应我的吻。

黑暗的痛苦的叫声越来越响亮。

爱对于它而言意味着死亡。

它排斥着我们，就像是身体排斥异物。

雷特罗和我紧紧拥抱在一起，在光芒的包裹下飞速上升。我们是黑夜中两颗闪耀的彗星。

我们被射出了洞口，直接落在勃兰登堡大门前。我几乎没觉得有碰撞感，爱之光就像是一层保护罩。黑暗是那么害怕这道光，用来探触这个世界的黑雾被它撤回了深渊之中。当黑雾一消失，随着一声响亮的隆隆声，我们身后的洞口闭合了。

雷特罗和我并排躺在石板路上，我们面对面。我的白马王子还有一点点发抖，他低声说："娜莉·奥斯瓦尔德？"

"什么事？"

"你来，是为了救我的吗？"

"哦，你觉得呢？"我对他咧嘴直笑，"王子之所以存在，就是为了被拯救啊！"

## 49

“你……干了什么？”摩尔震惊不已地问。与此同时，游客们简直无法想象自己拍下来的手机视频。而雷特罗和我也从地上爬了起来。

“明白了一些事情而已。”

摩尔当然一个字也听不懂。他把钢笔指向天空大叫：“我现在要画出魔鬼，他们将会剥你的皮、煮了你，然后……”

“你就算了吧。”

“什么？”

“你别折腾了。面对我，你没有机会的。”

“你只是个毫无天分的人！”

“也许是吧，”我回答，而雷特罗把缩形仪拿到了手里，“但我有比天赋、权力或者魔法更强大的东西。”

“那又是什么呢？”摩尔对我怒吼。

“朋友。”

雷特罗按下了按钮，兔子们又变回了兔子，罗伯变回了机器人，而坏坏儿、莱尼和班迪克斯也恢复了人形。我的朋友们快乐地蹦跳着、飞行着或走着靠近了那个秃子并包围了他，即使是班迪克斯也鼓起勇气行动起来。

“我只需要画几笔，他们就会死光光……”摩尔结巴起来，但没人再害怕他了。黑暗已经被驱逐。而在打败过这种反人类、反生命的东西之后，就不会有任何危险可以吓倒我们了，一个满头大汗的秃头男人就更不会吓倒我们了。兔子们把他的黑白西装咬出了一个又一个破洞，坏坏儿对他吐着舌头，而罗伯则嗡嗡地绕着摩尔转，并在他的秃头上滴了一些机油。谁也不再把他当回事了。

“而我还拥有某些你所不具备的东西。”我平静地继续说着。

“什么东西？”

“我的人生中，有爱。”

我微笑着看向雷特罗，他灿烂地回应我的笑，这让摩尔失去了信心。他秃头上的汗水现在都汇流成串了，并和油渍混得一塌糊涂。即使有着极大的野心并且极度自负，摩尔还是渴望着爱的。这和所有生命是一样的，不管他们生活在哪个世界里。

“如果你想的话，”我对这个我曾经敬仰过的男人提议，“你也可以拥有这一切。”

“我可以？”他很惊讶。

“把画册给我，”我友好地请求他，“我会给你画一个美满结局。”

正如说过的那样，我一直希望所有人都能拥有属于自己的美满结局。

摩尔挣扎着。我提的建议相当诱人，但比起他想要成为划时代终极艺术巨匠的愿望，还差一点点诱惑力。他回答道：“美满结局都是垃圾！”

他重新把笔放到纸页上。

“为美满结局而战！”我高呼。

而我的朋友们异口同声地喊道：“为美满结局而战！”

# 50

这是一场超棒的战斗，因为它前后不过打了五秒钟（在看《魔戒》系列电影的时候，观众也常常这样希望）。最后，摩尔被按到了地上，而我重新拿回了魔法画册。罗伯嗡嗡地飞了下来，高兴地播放起电子流行乐。戴帽兔子们应和着音乐跳起了舞，它们的欢乐太有感染力了，引得所有游客都一起跳了起来。游客们虽然并不明白手机镜头前所发生的情况究竟是怎么一回事，但在内心深处，他们隐隐觉得这是好事。坏坏儿和莱尼拥抱着彼此，而雷特罗开心地用缩形仪把瑞典长棍面包重新变回了人形。

我观察着摩尔，他大概比我更有天赋，他兴许是一名真正的艺术家，但我却创造出能给世界带来欢愉的东西，能够做到这一点，我还有什么所求呢？

而唯一和这一片欢乐气氛格格不入的人是班迪克斯。他若有所思地走向我，说："你是一位英雄，娜莉。"

"不，我不是。"我反驳道。

"你是的，你为了雷特罗跳进了黑洞。"

"如果不爱他的话，我是不会这么做的。"

"不会吗？那你会怎么做？"

"我会跑掉的。"

"就像作为吐司机的我……"班迪克斯很愧疚。

他沉默了片刻，然后叹息一声："所以我对你还爱得不够。"

"是的，爱得还不够。"

我们感伤地看着彼此微笑。

“这么说，想要成为英雄，就得真正去爱？”

“不如说是——真正在爱的人，就已经是英雄了。”

班迪克斯不禁笑了起来，我也笑了。从这一刻起，我们之间建立起了一段超级棒的友谊。

“你们俩现在有什么打算？”他问，一边看向雷特罗，那家伙正把手搭在两个瑞典面包的肩膀上，许诺说下次将和他们一起喝光一桶阿曼坡葡萄酒。

“哈，”我笑，“我对美满的结局已经有了一个主意。”

是的，雷特罗和我在阿曼坡结了婚。

但是婚后，我们留在了柏林生活。雷特罗现在开始了他最大的一场冒险：在普通人生中的冒险。

我曾担心作为情侣的我们会因为来自不同的世界而分手，但这种种担忧被证实是毫无根据的——大家在人生中有过的许许多多担忧也都是如此。雷特罗越来越好地适应了我们的世界，他爱上了吐司还有唐老鸭漫画，随着时间推移，他还喜欢上了那种味道奇特的、叫作咖啡的饮料。他还经营起一家销售阿曼坡特产的小店，东西都是他借助缩放仪亲自进口的。

所有人都应该尝一尝用开心树上的浆果榨出来的果汁。

那些把我从黑暗中拯救出来的梦想全部都实现了：雷特罗和我真的在拱廊下跳了探戈，我们为彼此朗读了唐老鸭漫画书，在万塞湖畔看了日落，接吻并且做爱，我们甚至当上了爸爸妈妈。当然，我没有给他生下七个爱的结晶，只生了两个。我又没有发疯。

我们一家四口和兔子住在一间自始至终都不太整洁的公寓里，里面有一个自己做的尿片桌台。我们晚上也可以过一过二人世界，因为莱尼偶尔会把罗伯借给我们来照看小孩。而我则在我们舒适且乱糟糟的窝里画出了大受欢迎的漫画。我不再像摩尔建议的那样利用我的痛苦来创作，而是利用我的爱。因为，嗨，重点在于传播欢乐嘛！

莱尼收养了小姑娘坏坏儿，在两人联手之下，不少老师大概都得提前退休了。

而摩尔先是进了一家精神病院。出院之后，他去了山上寻找那个老和尚，他想要给对方解释解释，他们俩是怎样被黑暗之神玩得团团转的。

而班迪克斯在一家公平贸易咖啡店里结识了一位女咖啡师，两人在一起喝了第一杯香草咖啡之后，他就愿意为这个女人对抗世界上的一切妖魔鬼怪，哪怕是黑暗之神。

没错，恋爱的人就已经是英雄了。

为了找到爱，并不需要魔法。

只需要一点点幻想。

我一直和现实格格不入，所以我总喜欢躲进幻想里去。从前的我总是把现实和幻想当作两个对立面。

唉，我真是错得离谱。

这两者是一体的。

现实就是用你的幻想所成就的东西！

而没有东西比爱更为现实了。

细心的读者可能会问：那本画册后来怎么样了呢？

尽管这本册子是黑暗之神诱导和尚们做出来的，但它并非全是黑暗魔法。我们既可以用它来做好事，也可以做坏事，这就和对待自己的人生一样。

班迪克斯曾想过要画一个安装了善心辐射仪的卫星，并把它发射到地球的轨道上去。但我们两人很快就达成一致：谁也不应该拥有改变世界的权力，不管他的意图有多么高尚。销毁这本书也不是一个好的办法，地球毕竟应该变成一个更好的地方才行。因此，我们把这本册子里的书页拆了下来分发给大家，希望有更多的人能利用这些书页一起来把世界改造得更美好。而下面这一页就归你了：

现实就是用你的幻想所成就的东西！

图书在版编目（CIP）数据
白马王子 /（德）大卫·萨菲尔著；李琪译．—南京：译林出版社，2018.9
书名原文：Traumprinz
ISBN 978-7-5447-7455-0

Ⅰ.①白… Ⅱ.①大… ②李… Ⅲ.①长篇小说－德国－现代 Ⅳ.①I516.45

中国版本图书馆 CIP 数据核字（2018）第 189280 号



著作权合同登记号　图字：10-2017-293 号

**白马王子 ［德国］大卫·萨菲尔 / 著　李琪 / 译**

责任编辑　王振华
特约编辑　唐文惠　张兰坡
装帧设计　灵动视线
校　　对　王兰英
责任印制　贺　伟

出版发行　译林出版社
地　　址　南京市湖南路 1 号 A 楼
邮　　箱　yilin@yilin.com
网　　址　www.yilin.com
市场热线　010-85376701
排　　版　灵动视线
印　　刷　三河市华润印刷有限公司
开　　本　960 毫米 ×640 毫米　1/16
印　　张　16
版　　次　2018 年 9 月第 1 版　2018 年 9 月第 1 次印刷
书　　号　ISBN 978-7-5447-7455-0
定　　价　26.80 元